ESCALA
PARA O AMOR

JEANNINE COLETTE
LAUREN RUNOW

Copyright © © 2020 LAYOVER LOVER by Jeannine Colette & Lauren Runow & Cocky Hero Club, Inc.
Direitos autorais de tradução© 2020 Editora Charme.

Todos os direitos reservados.
Nenhuma parte desta publicação pode ser reproduzida, distribuída ou transmitida sob qualquer forma ou por qualquer meio, incluindo fotocópias, gravação ou outros métodos mecânicos ou eletrônicos, sem a permissão prévia por escrito da editora, exceto no caso de breves citações consubstanciadas em resenhas críticas e outros usos não comerciais permitido pela lei de direitos autorais.

Este livro é um trabalho de ficção.
Todos os nomes, personagens, locais e incidentes são produtos da imaginação da autora. Qualquer semelhança com pessoas reais, coisas, vivas ou mortas, locais ou eventos é mera coincidência.

1ª Impressão 2020

Produção Editorial - Editora Charme
Foto - Shutterstock
Adaptação da capa e Produção Gráfica - Verônica Góes
Tradução - Ananda Badaró
Preparação - Monique D'Orazio
Revisão - Equipe Charme

Esta obra foi negociada por Brower Literary & Management.

FICHA CATALOGRÁFICA ELABORADA POR
Bibliotecária: Priscila Gomes Cruz CRB-8/8207

C694e	Colette, Jeannine
	Escala para o Amor/ Jeannine Colette, Lauren Runow; Tradução: Ananda Badaró; Revisão: Equipe Charme; Capa e produção gráfica: Verônica Góes Campinas, SP: Editora Charme, 2020. Projeto: Cocky Hero Club, Inc. 228 p. il.
	Titulo original: LAYOVER LOVER
	ISBN: 978-65-87150-79-6
	1. Ficção norte-americana	2. Romance Estrangeiro - I. Colette, Jeannine. II. Runow, Lauren III. Badaró, Ananda. IV. Equipe Charme. V. Góes, Verônica. VI. Título.
	CDD - 813

www.editoracharme.com.br

Editora Charme

ESCALA PARA O AMOR

Tradução: Ananda Badaró

JEANNINE COLETTE
LAUREN RUNOW

Escala para o amor é uma história independente inspirada no romance *Piloto Playboy*, de Vi Keeland e Penelope Ward. Faz parte do universo de Cocky Hero Club, uma série de romances originais, escritos por várias autoras e inspirados na série de bestsellers do *New York Times* de Vi Keeland e Penelope Ward.

CAPÍTULO 1

Jolene

— Estou odiando esse dia! — exclamo ao atravessar o saguão do Aeroporto Internacional de São Francisco.

Minha bagagem de mão fica enganchando nos calcanhares das pessoas ali na multidão, que olham fixo para as telas do alto com a palavra *Cancelado* em todas as partidas.

Como comissária de bordo da Escape Airlines, estou acostumada com atrasos, mas estava ansiosa para ir a Paris. Em vez disso, estou presa... aqui.

É uma noite nebulosa na Cidade da Baía — e não o tipo sexy de *Crepúsculo* em que Edward Cullen vai aparecer. Não, esse é o tipo de névoa espessa e densa que impede voos — e pessoas — de decolarem.

Para completar, meu ouvido está entupido pela pressão do ar da cabine e ainda não estalou. Eu o esfrego vorazmente e mexo a mandíbula, mas não adianta.

Meu celular vibra no bolso, eu o tiro para ver uma mensagem.

Não fique chateada, Jolene. Você sabe que era só sexo.

Ah, e eu cheguei a mencionar que, durante a aterrissagem turbulenta pela qual acabamos de passar, descobri que o cara com quem eu estava saindo está dormindo com minha colega de trabalho?

Torço o nariz com a audácia de Paul. Achei que ele era elegante e engraçado, um cara leal que realmente gostasse de *mim*.

No fim das contas, ele é só mais um piloto playboy procurando uma oportunidade de transar em pleno voo.

Ele tem sorte de eu não o ter chutado no manche quando descobri.

— Táxi! — Ouço uma pessoa gritar enquanto saio do terminal.

Ela claramente não é daqui. Qualquer pessoa da cidade sabe que você precisa ficar na fila do táxi para conseguir um e, pelo andar da carruagem, ela não sairá de lá tão cedo.

Com o celular ainda na mão, procuro o aplicativo da Uber. Para o meu azar, apenas corridas compartilhadas estão disponíveis, e eles querem setenta e cinco paus para ir até a cidade porque o aeroporto não fica nem um pouco próximo de São Francisco. Somando o trânsito à corrida de 32 quilômetros, isso pode facilmente demorar uma hora.

Meu celular volta a vibrar.

Me encontre no bar do saguão do hotel. Precisamos conversar.

A mensagem de Paul me faz rir alto. Se ele pensa que ficarei no hotel da tripulação, está louco. Apesar de a companhia aérea ter reservado um quarto só para mim, me recuso a ficar no mesmo lugar que aquele canalha.

Tenho respeito por mim mesma para não ficar perto de um homem que pensa que sair comigo uma noite e foder outra comissária na outra é aceitável. Estou muito feliz por não ter transado com ele, ou eu o teria machucado feio nos países baixos.

Setenta e cinco dólares é um pouco fora do meu orçamento, mas está sendo uma noite de merda e, se vou ficar presa aqui, poderia ligar para a Monica, minha melhor amiga de infância, que mora na cidade. Enviei uma mensagem e ela respondeu imediatamente.

Claro que você é bem-vinda! Só não repare na sala cheia de trilhos de trenzinho.

Sua mensagem é a coisa mais acolhedora dessa noite. Parece que vou para a cidade.

Clico em *Confirmar* no aplicativo e volto para dentro, onde não está tão frio. Às vezes, esqueço como São Francisco pode ser um gelo. Coloco o casaco em volta do corpo e luto contra o frio que acaba de subir pelas minhas pernas vestidas com meia-calça. Na verdade, sou fã do meu uniforme de trabalho: saia-lápis preta, blazer preto, blusa branca e lenço no pescoço. Escuto outras mulheres reclamarem por terem que usar meia-calça, mas isso me lembra de quando viagens aéreas eram um luxo, não apenas conveniência.

Ao meu redor, algumas pessoas estão discutindo com seus agentes nos balcões de vendas e outras estão acampando no chão, sabendo que a noite vai ser longa.

Essa é a única parte de viagens áreas que eu detesto. Como comissária de bordo, tenho sorte de a companhia me colocar em um hotel. Odeio ver pessoas idosas sentadas em cadeiras de rodas por horas a fio e crianças deixadas no chão, chorando nos braços das mães, que só querem ir para casa.

Há uma família perto de mim. A mãe está tentando consolar a filha, que parece ter uns quatro anos. Pelos olhos inchados e bochechas rosadas, acho que ela precisa dormir. Quem sabe de onde eles vieram e a qual fuso horário estão acostumados?

Os filhos mais velhos do casal estão no chão com seus iPads. Deus sabe que a qualquer momento ficarão desconfortáveis de se sentarem no chão.

Vou até o pai, que está no telefone, tentando conseguir um quarto de hotel, e dou-lhe um tapinha no ombro. Ele se vira para mim com uma expressão confusa.

— Todos os hotéis perto do aeroporto estão lotados — digo enquanto pego o celular para encontrar a confirmação que a companhia aérea me enviou, mostrando-lhe minha tela. — Tenho um quarto que não vou usar. Você deveria levar sua família para lá.

Suas sobrancelhas se franzem ainda mais enquanto ele olha para mim, uma completa estranha, se perguntando sobre a oportunidade. Sua esposa, com a criança chorando nos braços, vai para perto dele.

— Sou comissária de bordo, e a companhia aérea me colocou em um dos hotéis adjacentes ao aeroporto — explico, abrindo o casaco para que vejam meu uniforme e crachá.

O homem balançou a cabeça.

— Não podemos ficar com seu quarto...

— Tenho uma amiga na cidade e pretendo ficar com ela. Está muito tarde e seus filhos precisam de uma cama. Você deveria ficar com ele. Por favor. — Olho para a esposa e sorrio, demonstrando que meu presente é cem por cento genuíno.

Eles olham para o uniforme por baixo do meu casaco e para o cabelo preso, que é bastante padrão para funcionárias dessa linha aérea.

O pai parece desesperado, apesar de exausto, mas desliga o celular e assente.

— É muito gentil da sua parte. Quanto quer por ele? — pergunta.

Levanto a mão, recusando.

— Nada. Não seria certo. Obrigada.

Ele anota o número de confirmação do hotel e reúne a família. Pego seu nome e ligo para o hotel, adicionando-o como convidado ao quarto para que ele possa ter uma chave. Uso meu aplicativo no celular para fazer o check-in deles.

— Deus te abençoe — diz a esposa, e sou pega de surpresa pelo seu abraço, completo pelo seu bebê ainda nos braços.

Não sou abraçada ou abençoada há um bom tempo. Se ela soubesse como meu pobre coração esteve no passado, saberia o quanto minha alma precisa dessa bênção.

Enquanto a família passa pelas portas giratórias, olho no celular novamente e vejo o Uber aproximar-se. Envio uma rápida mensagem para Monica e aviso que estou a caminho.

Ela responde.

Boa sorte com o trânsito e em sair desse lugar!

Fico com o celular na mão e vou para fora, esperando debaixo da cobertura enquanto procuro por Jim, o motorista que deveria me buscar em um Toyota Camry branco.

Não consigo enxergar um palmo à minha frente, então espero até o ícone dizer que meu carro está aqui antes de ir para o meio-fio. Os carros estão buzinando, e o congestionamento no desembarque de passageiros está um pesadelo. Corro até o Uber, onde ele já estava com o porta-malas aberto. Coloco a bagagem de mão ali dentro, fechando-o antes de abrir a porta e entrar no carro.

— Você é a Jolene? — pergunta o motorista.

— Sim, sou eu — respondo, me ajeitando no assento.

Um policial bate na janela dizendo que precisamos sair, mas Jim explica que está esperando por mais uma pessoa.

Quando o policial diz que ele não poderia esperar mais, a porta de trás abre e a figura de um homem de calça jeans, botas pretas e uma jaqueta de couro aparece. Ele entra voando no carro, seu corpo grande sentando-se ao meu lado enquanto bate a porta atrás de si.

— Você estava esperando há muito tempo? — ele indaga ao motorista.

Jim balança a cabeça enquanto procura uma maneira de entrar no trânsito. O profundo barítono que acabou de ressoar no carro não o afeta, mas com certeza fez meu coração parar.

Meu olhar vai até o rosto do homem de cabelos castanho-escuros, ardentes olhos azuis e um maxilar quadrado, coberto por uma barba por fazer de um dia.

Ele tem um sinal de nascença em formato de coração na parte interna da coxa esquerda. Sei disso porque, quando eu tinha dezessete anos, costumava venerar aquela mancha com a língua.

As palmas das minhas mãos estão suadas e minha cabeça está girando ao perceber que o homem ao meu lado é a única pessoa que jamais pensei que veria novamente.

Quando seu olhar encontra o meu, sei que ele está amaldiçoando os céus por dividir um Uber comigo.

CAPÍTULO 2
Jolene

— Zack — falo em completa incredulidade.

Ele se vira para mim, de costas para a porta, apertando os olhos com surpresa.

— Jolene? — Sua palavra é mais uma pergunta do que uma afirmação.

Acredito que mudei nos últimos dez anos, desde que nos vimos pela última vez. Meu rosto está mais fino; meu cabelo, mais claro; e minhas curvas finalmente apareceram.

Ele poderia perceber a partir de como meu casaco está aberto, mostrando meu peito, ofegante desde que vi Zack, como se estivesse tentando dar uma olhada nessa parte do meu corpo; mas não, ele está apenas olhando para o meu rosto, avaliando cada detalhe e me encarando como se eu fosse um fantasma.

— Quais são as chances? — diz ele, claramente infeliz com minha presença.

Jim pisa no acelerador, nos distanciamos do terminal e chegamos na rodovia que circunda o aeroporto. Vai levar um tempo para chegar a São Francisco, e agora estou pensando se ficar no mesmo prédio que Paul, o playboy, não teria sido uma ideia melhor.

Zack se vira para o outro lado e olha pela janela. Seu pulso está segurando o "puta que pariu" do carro, acima de sua cabeça. Com o foco dele longe de mim, passo a mão no rosto, tentando descobrir como meu namorado do ensino médio, que deixei uma década atrás para seguir meu sonho de viagens e aventuras, é o homem com quem estou dividindo um Uber.

— Altas pra caramba — murmuro para mim mesma.

— O quê? — Ele se vira para mim.

Balanço a cabeça e me ajeito no assento.

— Nada. Eu estava só...

— Ainda fala sozinha quando está nervosa? — Suas palavras fizeram meu estômago revirar.

Não acredito que ele lembra disso.

— Não estou nervosa. — Meu olhar cai para suas coxas em uma tentativa de não olhar para seu rosto.

Mas é um erro.

Como *quarterback* do nosso time de futebol americano do ensino médio e o primeira-base do time de beisebol da universidade, Zack sempre teve um corpo incrível. Ele é alto, com mais de um metro e oitenta, e tem o corpo definido de um verdadeiro atleta, mas agora, como adulto, ele está mais forte... absolutamente másculo. Só suas coxas já são musculosas e impressionantes.

— Belo cachecol — diz ele, e pisco, voltando a olhá-lo.

Colocando a mão sobre o lenço de seda que uso com meu uniforme, murmuro um "Obrigada", porque não tenho certeza de que foi um elogio. Especialmente considerando que meu ouvindo tapado está me dando trabalho para ouvir tudo tão claramente quanto deveria.

Balanço a orelha e abro bem a boca, tentando fazer meu ouvido estalar.

— O que está fazendo? — pergunta ele, com um ar condescendente.

— Meu ouvido ainda está entupido por causa do voo, se quer mesmo saber.

Ele balança a cabeça, dizendo desdenhosamente:

— É o que acontece quando se voa demais.

Respiro fundo, tentando ao máximo não arrancar sua cabeça depois do dia que tive. Em vez disso, coloco as mãos cruzadas sobre o colo e olho pela janela, fingindo que ele não existe.

Fazemos a viagem no silêncio mais desconfortável que já experimentei. Já tive um péssimo dia, e a cereja do bolo foi pegar o único motorista de Uber que dirige sem colocar música no rádio. Sério, eu preferia ouvir uma estação de música clássica ou mesmo a Rádio Pública Nacional a que ter que ouvir Zack bufar suas frustrações como se fosse um touro, pronto para me jogar para fora do carro.

A placa sinalizando que acabamos de entrar em Daly City passa rapidamente pela janela e tenho que frear meu impulso de abrir a porta e pular do carro. Se eu achasse que havia qualquer chance de sobreviver, ficaria tentada.

Sim, eu sei que estou fazendo um puta drama.

Me viro para olhá-lo. Ele não está apenas olhando pela janela, mas também está de costas para mim. Seu corpo inteiro está rígido, e os nós de seus dedos estão ficando brancos de cerrar os pulsos com tanta força.

Ao longo dos anos, me perguntei como ele se sentiu por eu ter ido embora da maneira que fui. Nunca imaginei que essa era a reação que receberia.

Para minha sorte, trabalho com centenas de pessoas rudes todos os dias. Como comissária, estou constantemente lidando com passageiros irados. Se alguém reclama sobre a pessoa atrás dela chutando seu assento, garanto que isso não aconteça mais pelo resto do voo. Outra pessoa diz que sua comida está fria, e eu a levo de volta para esquentá-la.

Estou sempre apagando incêndios e garantindo que as pessoas estejam confortáveis. Aqui não é diferente. O mau humor de Zack na minha presença não vai me deixar para baixo. Ele é apenas mais um passageiro, só estou em um carro em vez de um avião.

Limpando a garganta, me ajeito no assento e levanto a bandeira branca.

— Como você está?

Sua cabeça se vira para mim tão rápido que parecia que algo havia acabado de explodir no carro. Seus olhos se arregalaram como se estivesse surpreso de eu fazer tal pergunta.

Sinto uma queimação no estômago com sua atitude desdenhosa. Levanto meu queixo e posiciono o corpo para encará-lo.

— Eu te fiz uma simples pergunta. Se não quer falar comigo, diga. Não precisa ser um babaca e me ignorar.

— Por dez anos, me perguntei como seria se eu te visse de novo e, acredite, dividir amenidades no banco de trás de um Uber não foi o que imaginei.

— Você esperou uma década para se vingar de mim por eu ter fugido para seguir meus sonhos?

— Eu esperei mais de três mil dias para te perguntar por que você não se deu ao trabalho de dizer que estava indo embora!

Suas palavras saíram de uma vez e, pelo arregalar de seus olhos, até ele se surpreendeu ao dizê-las.

Afundo no assento, perplexa com esse comentário.

Éramos adolescentes e estávamos loucamente apaixonados. O rei e a rainha do baile, o casal aparentemente perfeito. Todos achavam que iríamos nos casar. Se alguém pudesse ter adivinhado o futuro para que eu tivesse visto o que estava por vir...

— Acho que vocês dois se conhecem — diz Jim, do banco da frente.

Quis rir de seu comentário, porque ele não faz ideia do quão bem nos conhecemos.

— Algo assim — responde Zack.

Cruzo os braços e faço cara feia, me enrolando em meu casaco.

— Nós namoramos no ensino médio.

Jim ri.

— Eu já tinha entendido. Então, por que você fugiu dele?

Fico boquiaberta com essa pergunta inapropriada, que faz Zack inclinar a cabeça na minha direção, sobrancelhas arqueadas, se perguntando a mesma coisa, ainda que ele saiba o porquê.

— Somos de uma cidade a uma hora a leste daqui pela 80. Eu queria ver o mundo e ele queria ficar onde foi criado. — Viro-me para Zack e encolho os ombros. — Parece que nós dois conseguimos o que queríamos.

Seus lábios se abrem enquanto ele olha para o lado.

— Parece que sim.

— Você é comissária de bordo? — pergunta Jim. — Por quais lugares viajou?

— Por toda parte. — Não consigo esconder meu sorriso. — Estive em quase todas as maiores cidades dos Estados Unidos. Fui a Paris, Roma, Munique e Londres tantas vezes que tenho amigos em cada cidade. Fui até a Muralha da China e andei de elefante na Tailândia. Mergulhar na Grande Barreira de Corais foi uma experiência única, e até mesmo ver o pôr do sol em Fiji foi divino.

— Você viu a aurora boreal? — indaga Zack, e um frio sobe pelo meu peito.

Essa era a viagem que tínhamos planejado fazer juntos um dia. O problema é que eu não queria esperar por um dia. Eu precisava *agora*.

— Não — digo sinceramente. — Essa ainda está na lista de desejos.

Algo em seu olhar abranda.

Estaria mentindo se dissesse que não pensei em Zack ao longo dos anos. *Será que ele assumiu o negócio do pai ou se casou e teve quatro filhos?*

Meus olhos examinam sua mão e noto que não tem nenhuma aliança. Uma calma toma conta de mim, e não tenho certeza de por que me sinto aliviada por ele não ser casado. Nosso avião já partiu e decolou há muito tempo, se é que você me entende.

Falando nisso...

— O seu voo foi cancelado hoje à noite? — pergunto.

— Acabei de chegar.

A pequena bolsa de lona que ele apertou entre os pés mostra que não foi uma viagem longa.

— Algum lugar interessante?

— Não — diz ele, e entendo que ele não quer papo.

Jim ri do banco da frente.

— Vocês dois são melhores do que uma novela.

Enquanto o entusiasmo de Jim é cômico, percebo que está incomodando Zack. Ele nunca gostou muito de ser o centro das atenções. Eu que sempre gostei.

Nós íamos para as festas e ele se sentava no sofá, conversando com os amigos, enquanto eu dançava e contava piadas para todo mundo. Ele nunca parecia se importar.

Na verdade, eu adorava o jeito como ele sempre parecia olhar para mim na mesma hora em que eu me virava para ele. Ele piscava e eu sorria de volta. Era nossa maneira de avisar um ao outro que estávamos bem. Se ele erguesse as sobrancelhas, significava que a pessoa com quem conversava estava sendo chata, e, se apenas olhasse para mim inexpressivo, com os olhos arregalados, significava: *Me tire daqui agora.*

Não importa como, nós sempre nos protegíamos.

Acho que você consegue ter esse tipo de química quando conhece alguém desde criancinha.

É estranho pensar que, agora, não sei nada sobre o homem sentado ao meu lado. Quando o vi pela última vez, ele ainda era adolescente. Me pergunto o que a vida trouxe para ele.

— Como está seu pai? — pergunto.

Seu peito afunda enquanto ele balança a cabeça minimamente. Seus dedos dão batidas na alça, que ele ainda está segurando.

— O mal de Parkinson tirou muito da mobilidade, mas ele ainda está ativo, trabalhando na loja todo dia.

— Com você do lado dele — acrescento. Esse era um grande motivo para Zack querer ficar. — Ele tem sorte de te ter. Sempre gostei do seu pai. Ele é um homem bom.

— É sim — diz ele, passando a mão pela coxa e curvando-se ligeiramente em seu assento. Seu peito se enche de ar e seus olhos disparam através do assento à sua frente. Ele cerra a mandíbula. — O que você está fazendo em São Francisco?

— Meu voo foi cancelado e não tenho outro até amanhã.

— A companhia aérea não te coloca próximo ao aeroporto?

— Coloca sim — falo com um leve sarcasmo. — Mas estou evitando uma pessoa e não consegui quarto em outro hotel do aeroporto, então estou indo para a casa da Monica.

— Você ainda fala com ela?

— Claro que mantive contato com ela.

Além dele, Monica era minha pessoa preferida durante a adolescência.

Seus lábios se abrem em um pequeno sorriso.

— Como ela está?

— Ela é curadora de arte aqui na cidade. Casada e com um filho pequeno. Está vivendo o melhor da vida.

— Eu a vi há uns dois anos. Ela foi para casa nas férias. Parecia bem. Não mencionou que ainda fala com você.

— Ela sabe que sou um assunto delicado, imagino. Também não mencionou que esbarrou com você. — Mordo o lábio e me pergunto por que minha melhor amiga não me disse que tinha visto meu ex. — Enfim, estou indo para a casa dela. E você? Vai ficar na cidade hoje?

— Estou atrasado, na verdade. Meu voo deveria ter aterrissado horas atrás. Essa droga de neblina nos deixou voando em círculos até que pudéssemos aterrissar.

— Teve sorte de ter conseguido decolar.

— Então eu teria perdido a oportunidade de estar nesse carro com você.

Não deixei de perceber a grosseria descarada em sua voz.

— Tem alguém te esperando? — pergunto da forma mais amigável possível.

Ele aperta os olhos, avaliando meu comportamento.

— Sim, Stella está me esperando já há um tempão.

Faço que sim com a cabeça e respiro fundo com um sorriso engessado. *Ele tem uma Stella.*

— Esses anos foram bons, então?

— Foram... inesperados. — Ele solta a alça e se vira para me encarar, inclinando a cabeça.

— E você, Jolene? Como esses anos te trataram?

— Viajando o mundo. Vivendo só com uma mala. Glamouroso.

— Onde é sua casa?

Casa. Não pensei nela por um bom tempo.

— Nova York.

— Você hesitou.

— Tenho um apartamento em Nova York, mas é mais um abrigo temporário. Apenas o necessário... uma cama e uma cafeteira elétrica são tudo o que preciso.

— Nem mesmo uma foto dos seus pais?

Meu tom de voz abaixa para um sussurro.

— Não. Isso eu levo comigo sempre.

A expressão irritada que ele mantinha abranda. Seus olhos perdem um pouco do brilho enquanto me olha.

— Tenho certeza de que eles estão orgulhosos de você ter ido embora e lutado por seus sonhos.

Esse comentário me pega de surpresa.

Minha inspiração é trêmula, e a expiração é brusca enquanto as emoções sobem correndo para o meu rosto e se mostram no meu olhar.

— Chegamos — anuncia Jim, do banco da frente.

Olho pela janela e vejo que estamos em frente a um bar chamado The Tap Room. As luzes de dentro estão acesas, mostrando o pub lotado, com música alta vindo de lá.

Zack coloca a mão na maçaneta e põe o pé na calçada. Com sua bolsa de lona na outra mão, ele sai do carro e se abaixa, olhando para dentro.

— Você vem?

Pestanejo algumas vezes para ver se ele realmente está me perguntando isso.

— Eu?

— Tem mais alguém no banco de trás?

Sua pergunta é dolorosamente óbvia, mas ainda estou confusa.

— Você quer que *eu* vá para o bar? Com *você*?

— Escuta, Jo, eu não sei você, mas já faz dez anos, e tenho uma caralhada de perguntas. Quando eu fechar essa porta, sei que nunca mais vou te ver de novo. Por isso, não vou perguntar outra vez. Você vem ou não?

Eu estaria mentindo se dissesse que não estou curiosa para passar mais tempo com ele.

Ao contrário do que minha razão diria, saio do carro, pego minha bagagem do porta-malas e entro com ele no The Tap Room.

O bar é um mar agitado de fregueses, que variam de alunos universitários a pessoas de meia-idade. Bruce Springsteen está tocando na caixa de som enquanto todos conversam e bebem como em um dia normal em São Francisco e como se não estivessem nem um pouco afetados pela neblina.

Sigo Zack pela multidão, roçando os ombros com as pessoas e seguindo caminho para o final do bar, onde uma corda impede os fregueses de chegarem ao outro lado. Ele levanta a corda e me coloca para dentro.

— Sente aqui — ele comanda.

Aperto os olhos para afirmar que nenhum homem me diz o que fazer, mas não tem mais outro lugar para sentar e é um ótimo banco, ao lado do balcão do bar, então reviro os olhos e passo por Zack.

Tiro o casaco e o coloco no gancho embaixo do balcão. Estou formal demais para um pub, então também tiro o blazer. Desabotoo a blusa, desamarro meu lenço e o deixo pendurado no pescoço.

O olhar de Zack vagueia pelos meus tornozelos cobertos pela meia-calça *nude*, sobe para minhas pernas, onde a saia chega até acima do joelho, e pelas curvas dos meus quadris antes de parar nos seios, que estão despontando da regata que visto por baixo da blusa.

Enquanto, mais cedo, ele estava muito chocado para olhar para qualquer lugar que não o meu rosto, agora certamente está dando uma conferida no meu físico.

Quando seu olhar se demora nos meus peitos, pigarreio em voz alta para chamar sua atenção.

Seus olhos voltam para o meu rosto, sua mandíbula tensa, e ele engole em seco. Olha para a bartender, que está preparando um drink não muito longe.

— O que ela quiser é por conta da casa — ele ordena e sai, desaparecendo por um corredor que tem uma placa indicando os banheiros.

A bartender inclina a cabeça na direção de Zack com surpresa e depois olha para mim, confusa. Ela entrega uma bebida para o freguês, pega o dinheiro e o coloca no caixa antes de vir até mim e falar em voz alta, por conta da música:

— Você o ouviu. O que quiser é por conta da casa.

Procuro pelo balcão do bar, me certificando de que não perdi o juízo e que ouvi os dois direito.

Se Zack trabalha aqui, como pode trabalhar para seu pai em casa também? Pensei que tivesse ficado em Dixon todos esses anos. Saber que ele trabalha aqui, em um bar no coração de São Francisco, foi demais para mim. O cara que conheci naquela época sequer visitaria a cidade, imagine morar aqui!

A atendente arqueia as sobrancelhas e inclina a cabeça, esperando uma resposta, então digo:

— Cuba Libre, por favor.

Ela sorri enquanto coloca um copo na máquina de gelo.

— Aeromoça?

— Agora somos comissárias de bordo, e sim.

— É verdade que lá no céu parece o ensino médio? — Ela mexe as sobrancelhas enquanto coloca o rum Captain Morgan e empurra o botão da torneira do refrigerante.

Solto uma risada alta.

— Pior. Não tem onde se esconder quando a gente está lidando com as garotas esnobes ou os caras exibidos; você está presa em uma lata de aço a 25 mil pés no ar.

Ela coloca o drink no balcão.

— Não tem mais tanto glamour quanto na era Pan Am[1]?

— Pelo menos ninguém fuma — murmuro.

— Enfim, é bom ter você aqui. Qualquer amiga de Zack é amiga minha. Meu nome é Stella. — Ela estende a mão e eu paro por um segundo antes de dizer meu nome.

Essa é a Stella dele? Ou só Stella?

— Jolene.

Seus lábios se abrem em um sorriso astuto.

— Como a música?

Fecho os olhos, envergonhada.

— Sim, recebi o nome de uma música da Dolly Parton. Meu pai era um grande fã.

---

1   A Pan American World Airways, mais conhecida como Pan Am, foi a principal companhia aérea dos Estados Unidos da década de 1930 até o seu colapso em 1991. (N. T.)

— Então ele tinha ótimo gosto para música — diz ela, com um sorriso amável.

A forma como ela responde mostra que entendia que ele não está mais aqui. Balanço a cabeça e dou um gole da bebida.

Stella volta ao trabalho e eu fico sentada no mesmo lugar, bebericando com meu canudo de papel. Como alguém achou que banir canudos de plástico seria uma boa ideia é algo que não entendo. Os de papel se desmancham com muita facilidade

Meu coque está repuxando o couro cabeludo, então tiro os prendedores e deixo o cabelo cair pelos ombros. Como estava apertado o dia todo, ficou ondulado. Penteio os cachos com os dedos e prendo o lenço em volta da cabeça como uma bandana.

Olhando pelas janelas grandes da frente, vejo um brilho alaranjado dos postes iluminando lugar nenhum.

A neblina paira pela cidade e parece ter zero planos de sair.

Verifico meu itinerário para amanhã e vejo que ainda não me alocaram em nenhum voo devido ao clima. Eu deveria estar em uma corrida de um lado para outro entre Nova York e Paris. Parece que não vai acontecer.

Queria tanto estar em Paris agora, comendo escargot e tomando um vinho na Champs-Élysées. Chega uma mensagem da Monica.

Só para saber. Tá tudo bem?

Droga. Não avisei sobre minha mudança de planos.

Parei para tomar um drink no The Tap Room.

A caixa de texto começa a carregar e para algumas vezes antes que a próxima mensagem apareça.

Como você foi parar aí?

Esbarrei com alguém no Uber.

Zack.

Como você sabe?

The Tap Room.

Você sabia que ele trabalhava aqui?!?!

Querida, eu sei de tudo.

Você me deve explicações! Te mando mensagem quando sair.

É o seguinte. O Nicholas acabou de começar a vomitar PELA CASA TODA e está queimando de febre. Talvez seja melhor você não vir.

Poxa! Isso não é bom. Tadinho.

Sim. Eu odiaria que você ficasse doente. Pergunte ao Zack se pode ficar com ele.

Até parece! Ele meio que me odeia.

Então por que você está aí?

Ele me disse para vir.

Mais pontinhos aparecem e desaparecem.

Diga a ele que você vai passar a noite aí.

— Passar a noite aqui? — digo em voz alta para o meu celular.

Onde ela quer que eu durma? No chão? Mesmo se aparecesse magicamente algum lugar onde eu pudesse passar a noite, aposto no fato de que Zachariah Hunt provavelmente ainda está puto comigo porque apareci em sua viagem de Uber e até mesmo se arrependeu de ter me chamado para vir aqui.

A verdade é que eu mesma estou um pouco confusa sobre o que estou fazendo aqui. Claro, eu sempre deixei a vida me levar. Tentar a sorte sempre foi meu lema desde criança, mas estar na presença do único homem que amei está começando a parecer uma má ideia.

Se eu fosse sensata, pegaria meu casaco, deixaria uma gorjeta e iria embora. O problema é que sempre fui do tipo que toma decisões ruins.

CAPÍTULO 3

Zack

Empurro a porta do meu escritório e a bato com força, fazendo as fotos na parede tremerem.

De todas as mulheres do mundo com quem eu poderia ter que compartilhar uma viagem, por que tinha que ser Jolene Davies?

Em todos esses anos, havia duas coisas nas quais eu conseguia encontrar conforto: que ela era uma mulher terrível e que eu estava melhor por não a conhecer mais.

O que eu não estava prevendo era o fato de ela estar ainda mais linda do que anos atrás, quando me deixou para sempre.

Puta merda.

Jogo meu casaco no sofá e ando ao redor da mesa, abrindo meu estoque secreto de Jack Daniel's e bebendo direto da garrafa.

Por que diabos pedi para ela vir, eu não sei. Deveria tê-la deixado seguir seu caminho feliz... para a próxima aventura. Em vez disso, eu a chamei para vir para cá e ela me seguiu.

Não estou surpreso que tenha feito isso. Essa é a Jolene. A fera morena que nunca dispensou um desafio. Se eu a tivesse chamado para pular de um penhasco no Oceano Pacífico, ela teria tirado seus saltos e pulado. Não devo me sentir especial.

Ela está parecendo uma pin-up, com as maçãs do rosto altas e os lábios cheios. Só que agora tem quadris de mulher. *E, meu Deus, quando foi que ela ficou com aquela bunda?*

Minha mente vagueia sobre quantos homens podem ter tido chance com aquele corpo. O pensamento me fez apertar a garrafa com mais força e derramar a bebida direto na minha garganta.

A porta se abre e Stella entra.

Ela olha para o que estou fazendo e me dá um olhar condescendente.

— E eu vim aqui para ter certeza de que você estava bem — ela diz, fechando a porta atrás de si.

Bato com força o vidro na mesa e baixo meu olhar em direção a ela.

— Por que diabos eu não estaria?

Ela cruza os braços e dá alguns passos em direção à mesa.

— A bela morena sentada na área VIP pode ter feito meu cérebro bugar.

— Ela é uma velha... — Não quero chamá-la de amiga. Amigos não abandonam os amigos quando seus pais são diagnosticados com uma doença debilitante. Amigos também não vão embora sem um adeus. Nem mesmo um bilhete na mesa de cabeceira.

— A Jolene é legal. Dá para perceber por que ela significa tanto para você.

— Por que diabos está conversando com ela? — rosno.

— Se acalme, chefe. Não demorou muito para perceber que ela é sua ex-namorada. Não que muitas pessoas se chamem Jolene e sejam comissárias de bordo.

Seu comentário me provoca um riso de raiva. Tenho que reconhecer isso sobre a Stella. Sua habilidade de descobrir o que está acontecendo na minha vida é impressionante.

— Como foi que vocês dois se encontraram hoje? — ela pergunta com um olhar curioso e quase de esperança.

Levo o Jack até a boca e hesito enquanto digo:

— Uber.

Enquanto engulo, ela tem um forte ataque de riso, batendo as mãos nos joelhos.

— Puta merda! Essa é a coisa mais louca que eu já ouvi. Isso é sina, viu? Esse tipo de coisa só acontece quando as estrelas estão alinhadas. E você, meu amigo, está em um raro momento de destino. Não pode estragar tudo.

Aponto a garrafa para ela.

— O destino não teve nada a ver com isso.

Ela para de sorrir ao chegar mais perto e a tira da minha mão.

— Então pare de agir como se tivesse. Isso — ela segura o ofensivo objeto no ar — nunca acaba bem. Você precisa de uma mente lúcida.

— Stella...

— Você obviamente ainda nutre fortes sentimentos por essa mulher, mas é bom que fique aqui enquanto ela está lá no salão. Continue aqui. Se você for lá, vai ser tudo do jeito dela.

Minha postura fica rígida e os músculos vibram no meu pescoço.

— O que você quer dizer?

— Cabelos longos, peitos bonitos e um uniforme de comissária de bordo. Ela provavelmente está com sete caras na dela agora.

Pressiono um punho contra a boca.

— Cuidado, Stella.

Ela coloca a garrafa na mesa e se afasta com as mãos no ar.

— Nos cinco anos em que trabalho aqui, eu nunca, nunca te vi tão tenso por causa de uma mulher como você está agora.

Passo os dedos pelos cabelos e puxo as pontas.

— Inferno. Foi por isso que passamos antes. Não posso voltar para algo assim.

— Então não volte. Fique aqui remoendo. Eu vou ficar lá gerenciando este lugar. Peço um táxi para a Pan Am quando ela quiser ir embora. Quem sabe? Talvez ela dê sorte e compartilhe a viagem com outro ex-namorado.

Rosno para ela de novo. Essa é uma pestinha calculista. Soube no dia em que ela veio fazer a entrevista de emprego. Disse que minha equipe parecia um bando de porcalhões e que os *nachos* eram péssimos. A honestidade é minha qualidade preferida nela, e Stella sabe disso.

Ela volta para a mesa, pega a garrafa de Jack e anda em direção à porta.

— Aonde você vai com isso? — pergunto, tirando satisfação.

— Eu disse remoer, não ficar burro. Quer uma bebida? Vá lá para baixo como todo mundo.

Ela fecha a porta e eu afundo na minha cadeira de couro. Passo as mãos no rosto e esfrego os olhos. Posso pensar em um milhão de razões para não ir lá e ver Jolene. E ainda assim...

Quando na vida terei de novo a chance de perguntar a ela tudo o que estive louco para saber? Foi por isso que a chamei para vir aqui, não foi?

A única conta que ela tem em rede social é um Instagram privado. Impossível saber o que ela andou aprontando nesses anos todos.

Estaria mentindo se dissesse que não pensei nela pelo menos uma vez por dia. É ridículo, mas é o que acontece quando um homem é deixado sem nenhuma conclusão. Ele persegue como um cão de caça.

Ligo a televisão na parede, e as quatro câmeras de segurança se acendem na tela. A de baixo é para onde minha atenção vai.

Lá está ela.

Sentada diante do bar, olhando para o celular, mexendo no ouvido de novo.

Seu cabelo está solto agora, do jeito que eu lembro. Ela sempre teve os cachos mais macios e com cheiro de pêssego. Senti o cheiro quando entrei no Uber e quase perdi a cabeça.

Eu não podia olhá-la porque meus sentidos já estavam aguçados ao extremo. Minha mente vagava para lugares que não deveria, lembrando como era o toque da sua pele, tão macio em minhas mãos quando eu abraçava sua silhueta nua no banco de trás do carro. O som dos gritinhos mais finos quando eu beliscava seus mamilos e seu doce sabor quando meu rosto estava enterrado entre suas pernas.

Porra, Jolene, por que você tinha que ser tão viciante?

Agora sei como um usuário se sente quando é confrontado com a droga. Dez anos na linha e ainda consigo sentir cada curva do seu corpo como se estivesse debaixo do meu.

Um cara se aproxima do balcão do bar, parado do outro lado da corda, onde Jolene está sentada. Ele começa a falar com ela. Queria saber fazer leitura labial, mas não consigo. Tudo o que sei é que homem nenhum tem boas intenções quando chega em uma mulher assim.

Seus olhos provavelmente estão fixos nos seios ou em como suas pernas estão cruzadas e fazendo a saia subir para as coxas.

Ele provavelmente perguntou o nome dela e se quer uma bebida. Ela faz que não com a cabeça.

Boa menina.

Ele se inclina na direção dela de novo. Ela está pegando a bolsa. *O que vai pegar?* Ela levanta a mão novamente para mostrar um anel na mão esquerda. Não lembro de tê-la visto com um anel antes. Eu estava tão chocado em vê-la que nem sei mais o que percebi ou não.

É uma aliança, tenho certeza. Ela o mostra para o cara e aponta para os fundos. O que quer que tenha dito a ele lhe deu informações suficientes para ir embora.

Essa é a minha garota.

Não, cara. Ela não é sua.

Volto para minha mesa e tiro a pilha de notas fiscais nas quais tenho que trabalhar.

Ligando o computador, faço exatamente isso. Quando olho de novo, tem outro cara se aproximando. Ela faz um bom trabalho ao se livrar desse em tempo recorde.

Abro a planilha do Excel e tem outro cara na tela. Digito os números no computador e está levando mais tempo do que deveria, porque toda vez que olho as imagens da câmera de segurança, vejo que esse babaca ainda está lá, conversando com Jolene.

— Ah, pelo amor de Deus. — Fecho o laptop e me inclino para trás.

Ela não parece estar dispensando-o. Dessa vez, está sorrindo.

Que porra.

Levanto da mesa e saio enfurecido do escritório.

Vou até a área VIP. O cara está tentando desamarrar a corda quando vou até ele e agarro seu ombro, puxando-o para trás.

— Acho que não — eu digo, fazendo-o tirar a mão da tranca.

— Qual é o seu problema, cara? — ele rosna.

Com a mão na parte de trás do seu pescoço, eu o viro para trás, de forma que ele me olhe no olho e veja que estou falando mais do que sério quando declaro:

— Ela é minha.

CAPÍTULO 4

Jolene

Fico de queixo caído com a brusca declaração de Zack. *Minha.*

— Eu não sou dele — retruco. — Zack, solte-o. Estávamos só conversando.

— Vão para onde depois daqui? — dispara Zack, fazendo meus olhos se arregalarem com sua insinuação.

— Tem um motel na esquina da Polk com a Ellis. Aparentemente, eles cobram por hora — anuncio com a mão na cintura.

Zack se vira para mim com uma expressão de raiva, apertando o ombro do cara com mais força.

O pobre rapaz levanta as mãos e explica:

— Estávamos falando sobre *Vingadores: Ultimato* e aquele final de merda. Eu juro que não estava dando em cima da sua esposa!

— Então você viu a aliança no dedo e continuou dando em cima dela? — Zack desafia o cara.

— Eu não estava dando em cima... bem, sim, talvez estivesse, mas, sério, me solta. Por favor.

O rapaz é agradável, mas é um banana. Nunca na vida eu iria querer alguém que se acovardasse tão facilmente.

Por outro lado, esse lado durão do Zack também não está exatamente me excitando.

Zack solta o cara e sinaliza com a cabeça para Stella.

— O que esse cara quiser é por conta da casa, contanto que ele fique do outro lado do bar.

Stella ergue uma sobrancelha para Zack enquanto gesticula para o cara segui-la até o lado oposto do salão. Eu, por outro lado, estou lhe mostrando o dedo do meio enquanto ele abaixa a corda.

— Quando foi que você ficou tão babaca? — pergunto.

Isso o faz parar e me encarar com aqueles olhos azuis.

— Estava te fazendo um favor.

— Não preciso de você para afastar ninguém.

Ele inclina a cabeça.

— Você queria ir para casa com aquele cara?

Arqueio as sobrancelhas.

— E se eu quisesse?

— Então seu gosto para homens piorou drasticamente.

Ele se senta no banco ao meu lado e cruza os braços. Tirou o casaco que usava mais cedo e, em seu lugar, está com uma camiseta preta. A primeira coisa que meu olhar nota são as tatuagens no seu braço direito, passando pelo bíceps e parando no cotovelo.

Outra bartender coloca duas bebidas na nossa frente. Um Cuba Libre para mim e uma *long neck* para Zack.

Zack levanta a sua e dá um gole. Nada de "saúde" ou mesmo uma inclinação da garrafa em minha direção. A companhia pode ser péssima, mas a bebida é de graça, então dou de ombros e bebo um gole também.

— Bonitas as tatuagens — digo para puxar assunto.

Seu olhar está fixo para a frente enquanto um sorrisinho repuxa o canto da sua boca.

— Achei que você detestasse caras com tatuagens.

— Só detesto quando elas não têm significado. E eu te conheço, tudo tem um propósito. É um beija-flor?

Ele mexe o braço, assim não posso mais ver a parte de dentro, e se vira para mim.

— Pare de agir como se me conhecesse.

Pisco algumas vezes para ver se sua grosseria suaviza para algum tipo de sarcasmo ou de comentário espirituoso. É apenas completamente grosseiro.

Coloco o copo no balcão com cuidado e me levanto.

— Ok, já deu para mim. — Pego o casaco e vou até minha mala.

— O que está fazendo? — ele pergunta com as sobrancelhas franzidas.

Meus ombros caem enquanto tento avaliar se ele perdeu cada gota de inteligência ao longo dos anos.

— Estou indo embora, Zack. Não sei por que diabos você me pediu para vir aqui e, sinceramente, não sei o que eu estava pensando ao te seguir. Até agora, você me deixou esperando por um bocado de tempo, cortou o único tipo de conversa que tive o dia inteiro e agora está sendo descaradamente cruel.

Seguro a alça da mala e começo a sair com raiva quando sua voz me chama.

— Por que você veio, então? — ele desafia.

Me viro e vejo que ele está de pé próximo a onde estávamos sentados.

Seu queixo está erguido, mas seus olhos estão baixos em um apelo desesperado.

— Por que me seguiu até aqui?

Eu não deveria responder. Ele não foi nada além de insensível, e ainda assim quero responder com a maior honestidade possível.

— Você disse que essa poderia ser a única vez que nos veríamos de novo, e acho que não estava pronta para ir embora.

— Por quê?

— Eu também tenho perguntas — digo, baixo demais para que ele pudesse ouvir em meio a música do Panic! At the Disco.

Pela maneira como suas mãos vão até o banco onde eu estava sentada e como ele o puxa, me convidando a sentar, sei que me ouviu muito bem.

Soltando a alça, abandono a bagagem e a empurro de volta contra a parede, colocando meu casaco por cima dela e voltando para o banco.

Ficamos sentados em silêncio. Ele continua a virar sua garrafa de cerveja enquanto tomo meu coquetel rápido demais.

— Me desculpe — pede, e olho duas vezes para ver se o ouvi direito. — Não estava preparado para te ver e não sei como me sinto com relação a isso.

— Você quer dizer que não esbarra com ex-namoradas o tempo todo? — pergunto, tentando brincar para aliviar o clima.

Ele faz uma careta.

— Você é a única que conta.

Engulo essa afirmação em seco. Tenho certeza de que tirou muito do seu ego. Fico parada e deixo suas palavras ecoarem no meu coração por um minuto.

— O que é esse lugar? — tento mudar de assunto. — Você trabalha aqui quando não está na oficina do seu pai?

— O que te faz pensar que não estou aqui todo dia?

Balanço a cabeça com um sorriso.

— Você nunca sairia de Dixon.

— As pessoas mudam.

— Você é a última pessoa que pensei que mudaria.

— Não sou o mesmo homem de dez anos atrás.

— Ah, isso eu percebi! — Meus olhos se demoram em seus bíceps e tórax moldados na camiseta fina.

Quando levanto o olhar, seus olhos estão brilhando para os meus com uma levantada intencional de sua boca, revelando uma covinha que tentei esquecer por anos. De repente, fiquei com sede.

Ele se vira e descansa um cotovelo no balcão do bar enquanto declara:

— Vamos jogar.

— Jogar? — Quase engasgo com meu último gole de Cuba Libre.

— Duas Verdades e uma Mentira. As regras são simples. Você diz três frases sobre si. Duas são verdade e uma é mentira. O outro tem que adivinhar qual é a mentira. Se adivinhar errado, toma uma dose. Se adivinhar a mentira, a primeira pessoa toma a dose.

— Esse é um jogo perigoso para ex-namorados.

— Tá com medo? — Ele se inclina para a frente em desafio.

Aperto os olhos para ele, desesperada para dispensar esse pedido bobo para jogar. O problema é que eu sou vidrada em um desafio.

— Pode enfileirar as doses — digo, e ele fica com um sorriso convencido no rosto.

Ele se inclina para o balcão do bar e pega dois copinhos e uma garrafa de Bacardi 151. Levanta-a para ver se eu gosto. Faço que sim com a cabeça.

Ele despeja o líquido nos copos e deixa a garrafa perto.

— Seu jogo. Você vai primeiro — falo.

Ele desliza o banquinho um pouco mais para perto de mim antes de levantar os três dedos — o mindinho, o anelar e o do meio —, assinalando suas verdades e uma mentira.

— Moro em São Francisco. Sou dono desse bar. — Ele pausa enquanto seu olhar tremula para a mulher atrás do balcão do bar. — Estou noivo da Stella.

Fecho os olhos por um momento enquanto penso em qual poderia ser mentira. Não vi anel na mão de Stella, mas estou usando uma aliança de casamento agora e estou livre, leve e solta. Embora eu não saiba se ele está noivo ou não, uma coisa é certa.

— Você não mora em São Francisco.

— Beba — ele comanda, e minhas sobrancelhas se erguem em surpresa. Ele levanta o copo, me mostrando minha punição. — Comprei o bar cinco anos atrás e estou morando aqui desde então.

Viro a dose e tenho que apertar os olhos até a queimação se dissipar. O movimento faz meu ouvido doer de novo.

Nunca meu ouvido demorou tanto para desentupir depois de um voo.

Enquanto ignoro a fisgada de ambas as partes do meu corpo, revelo:

— Nunca te imaginei como dono de um bar na cidade.

— Mecânico de cidade pequena era tudo o que você imaginava para mim?

— Não tem nada de errado com isso.

— Não foi o suficiente para você — rebate ele, com a sobrancelha arqueada e o lábio repuxado.

Tem tantas coisas que eu queria responder a essa declaração. Em vez disso, levanto três dedos e é minha vez.

— Falo italiano, sei fazer um molho à bolonhesa maravilhoso e tenho um namorado chamado Franco esperando por mim em Nova York.

— O molho à bolonhesa é mentira. Você queimava até torrada.

— Beba! — Eu rio, orgulhosa de mim mesma por tê-lo enganado. — Conheço uma mulher maravilhosa chamada Nonna em Nápoles, que visito alguma vezes por ano. Ela me ensina a cozinhar e eu arrumo o cabelo dela.

O copo hesita em seus lábios enquanto ele me olha por um segundo.

— Você cozinha e arruma o cabelo de senhoras?

Dou de ombros.

— Ela é muito gentil e não tem família. É como ter minha própria avó italiana para me paparicar de vez em quando.

Seus olhos perdem o brilho ao falar de avó.

— Sinto muito pela sua avó. Eu teria ido ao enterro, mas...

— Foi uma cerimônia pequena. Ela foi cremada. Está em uma urna ao lado dos meus pais. Quero jogar as cinzas em algum lugar, mas ainda não escolhi onde.

— Você já foi a tantos lugares. Achei que já tinha encontrado o lugar perfeito.

Balanço a cabeça.

— Nenhum parece bom.

— Nenhum parece quando alguém que você ama vai embora — diz ele, e seu olhar derrete enquanto queima para o meu.

Limpo a garganta e levanto a garrafa.

— Sua vez de mentir — falo enquanto encho seu copo.

— Quebrei a perna em um acidente de moto, desisti da faculdade e existe um mandado de prisão contra mim.

Me encolho e respondo:

— Por favor, me diga que o mandado é mentira.

— Se safou. Minha ficha ainda é bem limpa, senão eu nunca poderia ter uma licença para vender bebida. — Ele toma sua dose como punição.

— Eu realmente achei que você fosse fazer uma faculdade local.

— Não é como se eu fosse me tornar um médico ou qualquer coisa para que valesse a pena ter um diploma. Gosto de ser dono de um negócio. Comecei aqui como bartender e, quando o dono estava pronto para vender, não pude dizer não.

— Isso é ótimo, Zack. De verdade. — Penso na outra verdade e olho para sua perna coberta pelo jeans. — E sua perna?

— Quebrei em três lugares. — Ele aponta em direção à panturrilha. — Levou um ano para eu aprender a andar direito de novo, mas está tudo bem agora.

— Que horror. Sinto muito que tenha passado por algo assim. A gente nunca imagina que vai sofrer um acidente desses.

— Você tem que prestar bem atenção quando ando. Eu manco um pouco. Nem sempre, mas, quando estou cansado, dá para perceber.

— Nunca te imaginei andando de moto.

— É mais fácil do que estacionar minha caminhonete por aqui. Agora as duas estão estacionadas lá atrás, no beco.

— Você ainda anda de moto! — eu o repreendo. — Mesmo depois do acidente?

— E como! — diz ele, com um sorriso. — Minha mãe detesta.

— Imagino que ela fique furiosa, mas você é um homem feito, já pode tomar suas próprias decisões.

— Sou sim. — Ele sorri e depois esconde o sorriso de novo.

É incrível poder conversar com ele tão tranquilamente como fazíamos quando éramos adolescentes, embora ele não seja o garoto de que eu lembro. Ele é algo mais. Quase me faz sentir como se fosse outra pessoa. Um estranho que acabei de conhecer. Alguém que não conhece meu passado; alguém que não sofreu ou que me fez sofrer.

Ele não tem ideia de como ainda sofro.

Levanto o queixo e meu copo.

— Não tenho carro, nunca andei de moto e adoro tempero de abóbora em tudo.

— Você acabou de me dar essa. Abóbora — diz ele, e eu bebo. — Nunca gostou quando criança, então sem chance de você gostar agora.

Dessa vez, a dose desce bem mais fácil.

— Abóbora é muito ruim.

— Que pena. Você está perdendo torta de abóbora.

— Parece horrível.

— Não a que eu faço.

— Você sabe cozinhar?

— Não vamos me chamar de cozinheiro de mão cheia ou nada do tipo, mas sim, eu me viro na cozinha — diz. Devo estar olhando para ele com uma expressão de completo choque, porque ele continua: — Quando meu pai descobriu que tinha mal de Parkinson, comecei a ajudá-lo. No fim das contas, sou o novo fazedor de tortas da família.

Coloco a mão nos lábios e dou uma risadinha.

— Eu consigo te imaginar de avental.

— Cuidado, Jo. — Seus olhos se estreitam em desafio.

— Eu acho bonitinho. E fofo.

Um leve rubor sobe às suas maçãs do rosto bem definidas.

— É, bem... — Ele lança um olhar para o balcão e olha fixamente, como se algo tivesse passado por sua mente. Balança a cabeça e pergunta depressa: — Por que você não tem carro?

— Passo o dia todo em um avião e uso táxis em casa. Nunca tive motivo para ter um. Não faz sentido pagar um carro e um seguro para ficar parado em uma garagem.

— Provavelmente é melhor. Lembro do seu pé sacudindo na embreagem. — Ele mexe o corpo como se estivesse sendo empurrado de um lado para o outro.

— Não era tão ruim assim. — Dou uma batidinha em seu braço, mas ele não se mexe no assento; está parado com um sorriso malicioso. — Por que o sorriso?

Seus dentes deslizam pelo lábio enquanto seu olhar vagueia pelo meu por apenas um segundo antes de erguê-lo e me dar uma encarada intensa.

— Só estou lembrando do que fizemos no banco de trás do carro depois daquela aula de direção — responde, para minha surpresa.

Solto um suspiro e sinto um formigamento nos dedos dos pés. Como é que não estive na presença desse homem por tanto tempo e, ainda assim, em duas horas, ele me provocou raiva, riso e agora atração intensa?

É um desejo tolo achar que o passado possa ser revivido. Sou esperta o suficiente para saber que o que tínhamos naquela época era poderoso, embora não fosse suficiente. Dito isso, tem algo em Zack, nessa impressão dominante que ele tem sobre mim. A maneira como mandou que eu entrasse e agora arrebatou minha atenção com esse jogo... estou hipnotizada por ele, e isso não é surpresa.

Acontece que sou uma trouxa.

— Minha pedra da sorte é safira, amo gatos e, não importa o que eu faça e aonde eu vá, ainda penso em você. — Meu coração para, como se eu não acreditasse nas palavras que saíram da minha boca.

— Você nasceu em maio — diz ele, e sinto um aperto no peito.

— Acho que você descobriu minha mentira. — Respiro e sinto o calor do seu olhar bem dentro de mim.

O ar de repente muda.

Não, ele queima com uma energia intoxicante.

Zack morde o lábio, sua língua corre e faz uma suave cascata pela carne que de repente quero tanto provar.

Seus olhos, aqueles olhos penetrantes, estão derramando lava quente em mim.

Prendo o fôlego, e meus seios sobem até ficarem apertados em minha blusa. Tenho medo de que, se eu soltar o ar do peito, acabe arruinando o momento.

Ou interrompa o clima.

— Stella — ele chama com o canto da boca. — Estou saindo.

Meu olhar não desvia do seu, e é assustador. Estou prestes a fazer algo que sei que vai terminal mal.

— Anuncie a última rodada e comece a fechar — ele diz, e engulo em seco com a maneira como ele se recusa a tirar os olhos de mim.

Preciso avisar a Monica e dizer que estou a caminho, com filho doente ou não. Quebro o contato visual e me levanto.

— Preciso ir ao banheiro.

Ele dá um curto aceno.

— No final do corredor.

Pego minha bolsa e me afasto de Zack e de todos os sentimentos que estão transbordando pelo meu corpo.

Sigo em direção aos fundos, mas a fila para o banheiro feminino está bem longa, e acho que meus nervos não aguentam esperar com as pinguças.

Olho para o corredor, lembrando que Zack desapareceu por ele mais cedo. Talvez tenha uma sala dos funcionários ou algum lugar por onde eu possa ir de fininho.

Vou até o final e vejo uma escadaria. O carpete verde-esmeralda leva ao topo, onde há uma única porta.

Bato. Ninguém responde.

Girando a maçaneta, abro e estou em um escritório. Há outra porta aberta dentro e vejo que é um banheiro. Vou em direção a ele, mas algo chama minha atenção. Uma foto na parede.

Que me faz tremer nas bases.

CAPÍTULO 5

Zack

Indo até o balcão do bar, digo a Stella o que precisa ser feito para fechar. A equipe também conhece o protocolo.

Olho para o relógio e vejo a hora. Jolene sumiu faz um tempo. Indo em direção aos banheiros, vejo que ela não está no corredor, nem dentro, quando bato na porta do banheiro feminino.

— Onde será que... — Vejo uma luz acesa na escada.

Ao subir e ver as luzes do meu escritório brilhando atrás da porta, sei que a encontrei.

Abro a porta, paro e vejo que ela está olhando para a foto na parede.

— O que você está fazendo aqui? — Meu questionamento a faz dar um pulo.

Se ela sabe quem é nas fotos, não diz nem faz nenhuma pergunta. Em vez disso, anda em direção à minha mesa, como se estivesse tentando manter alguma distância.

— Tinha uma fila lá embaixo, então vim aqui usar o banheiro. Belo escritório — ela responde, olhando por cima do ombro enquanto aponta para a cama dobrável. — Casa longe de casa?

— Cinco dias por semana.

Ela arqueia as sobrancelhas.

— E os outros dois?

— O lugar de onde você fugiu.

Ela assente devagar, seu peito inchando enquanto dou um passo em sua direção.

— É incrível esse lugar. É muito bom te ver com um negócio bem-sucedido e um lugar para chamar de lar. — Ela engole em seco. — E Stella.

Ah, aí está, Jo. Você ainda está em dúvida.

— Ela é só uma amiga.

Seu corpo relaxa, e como isso me satisfaz... Dou outro passo em sua direção, de modo que ela fique só a alguns metros de mim.

— Você é casado?

— Não. — Minhas botas estão pesadas com cada passo.

— Namorada?

Não respondo imediatamente, então ela se vira com os lábios entreabertos. Balanço a cabeça, e um longo suspiro escapa de sua boca.

Paro a apenas alguns milímetros de seu peito trêmulo. Seus olhos se levantam para encarar os meus enquanto baixo as sobrancelhas para olhar seus olhos castanhos cheios de pecado.

— Isso te deixa feliz? — pergunto.

Ela assente tão sutilmente quanto franze a sobrancelha.

— Por quê? — questiono.

— Não sei. Não tenho direito de ficar com ciúmes, mas...

— Não aguenta me imaginar com outra pessoa?

Elimino o espaço que há entre nós. Meu corpo está contra o dela, sentindo cada batida do seu coração e tremor irradiando pelo seu corpinho firme.

— Sim. — Ela suspira. — Isso é errado?

— É horrível. — Coloco a mão em seu rosto, e ela imediatamente o apoia na minha palma. Meus dedos passeiam pelo seu cabelo sedoso e eu o agarro, saboreando o sentimento de tocar essa mulher de novo.

Até esse momento, não tinha percebido como eu estava desesperado para tocá-la. Sonhei com as palavras que diria, e nunca eram amáveis. E, ainda assim, ela está aqui, e tudo o que eu quero é me enterrar fundo nela como já fiz uma vez. Quero provar cada curva deliciosa e me banhar em seu calor.

Como uma miragem, ela veio até mim, e sou um homem morrendo no deserto, esperando para dar um gole. Agarro sua cintura e a puxo para mais perto. Ela solta um gemido que faz meu pau latejar.

— O que você está fazendo comigo? — rosno perto do seu pescoço.

— Não sei, mas quero descobrir.

Isso é tudo que ela tem a dizer. Minha boca está na dela, separando seus lábios e deslizando minha língua para dentro. Sou exigente, eu sei, e ainda assim tento ser gentil, mas, porra, o gosto dela é tão bom.

Seus dedos seguram meu cabelo e me puxam para mais perto, então eu a empurro para trás e para cima da mesa, separando seus joelhos e me posicionando de forma que nossos corpos estejam perfeitamente alinhados. Apoio o peso do meu corpo no dela. Jolene me envolve com as pernas e me deixa chegar mais perto.

Sua saia se dobra, então abaixo as mãos e levanto sua saia até acima da cintura. Arranco a meia-calça de suas pernas, expondo as coxas para que eu possa passar minhas mãos, calejadas e ásperas, pela sua pele de porcelana. Primeiro, bem suavemente e, depois, com uma intensidade que a faz se agarrar ao meu pescoço, transmitindo tremores selvagens pelo seu corpo.

— Zack. — Ela agarra meu cabelo e a dor me leva a um frenesi.

Se ela esteve pensando em mim durante todos esses anos, vou lhe dar algo para não esquecer até a próxima década.

— Eu sonhei com isso — digo a ela, minha boca chupando seu queixo. — Imaginei como você estava. — Dou beijos de língua com força na parte da frente do seu pescoço. — Qual tipo de mulher se tornaria.

— E? — ela pergunta enquanto minha boca está prestes a tomar a sua de novo.

— Você é uma sereia. Uma tentação. E eu não tenho controle.

— O que você quer fazer comigo? — ela indaga com ansiedade.

Baixo o olhar para encontrar o dela, para fazê-la ver que estou falando sério.

— Quero chupar sua boceta com você esparramada nessa mesa e te foder até amanhã.

Seus olhos se dilatam em uma piscina escurecida de luxúria. Ela abre bem as pernas, me fazendo entender que está ansiosa por receber.

— Por favor — pede, ofegante.

Suas roupas caem espalhadas pelo chão enquanto fico de joelhos, coloco a boca em sua calcinha de renda e dou uma mordidinha bem no meio.

Ela inclina a cabeça para trás e suspira, então faço de novo. Seguro sua lingerie sexy pra cacete com meus dedos e a abaixo até os tornozelos. Ela está nua e aberta para mim. Empurro a língua no botão rosado e me perco no cheiro divino de Jolene.

— Ai, meu Deus... isso é muito bom — ela ofega.

Minhas mãos tentam impedir suas coxas de fecharem. Ela faz isso quando as sensações são muito fortes. Com as palmas das minhas mãos na parte interna de suas pernas, esfrego seu clitóris quente com o polegar e o saboreio, molhado e cheio de pecado.

— Aí. Vou gozar.

Toc, toc, toc, toc, toc!

— Zack, você está aí? Tem um problema lá embaixo, precisamos de você! — Stella grita do outro lado da porta do meu escritório.

Jolene se levanta da mesa apressadamente e ajeita a saia como se Stella conseguisse ver através do mogno.

— Já estou indo — eu rosno, puto por ter esse momento interrompido.

Meu pau está duro como pedra enquanto me levanto e o coloco para dentro da calça. Os braços de Jolene estão cruzados contra o peito e ela se virou de costas para mim.

Se tem uma maneira de jogar um balde de água fria metafórico em uma situação acalorada é ser perturbado por um empregado durante um momento de luxúria descontrolada.

Esfrego a mão no queixo e ainda consigo sentir o gosto de Jolene nos meus lábios.

Não acredito que estávamos prestes a foder na minha mesa. Duas horas atrás, achei que o universo estivesse me pregando uma peça. Fui de um babaca ameaçador a um babaca intenso, e nenhum dos dois é uma boa pessoa para eu ser essa noite.

— Você está bem? — pergunto.

Ela me olha de volta com um sorriso tímido e indeciso.

— Estou. Vá cuidar do que você tem que fazer. — Sua postura mostra que ela está tão incerta sobre o que acabou de acontecer quanto eu.

— Volto já — digo, me perguntando se isso também é o universo me dizendo para ir mais devagar. Se eu pudesse, daria um soco na cara dele.

Desço a escada e vejo meus seguranças lidando com os retardatários. As luzes estão todas acesas e há uma multidão barulhenta na calçada, fumando cigarros, pedindo carros e conversando como se já não fossem duas da manhã.

— Não pode me mandar embora! — Escuto um cara dizer.

Abro caminho pela multidão e chego perto dele.

— Qual é o problema aqui?

O cara tropeça em um dos amigos, que o empurra de volta com o cotovelo.

— Eu paguei por essa cerveja. — Balança a garrafa no ar. — Eu paguei, eu bebo. — Ele dá um show, tomando um gole absurdamente pequeno e rindo.

— Vire a cerveja e pegue um táxi. O bar fechou — resmungo.

— Qual é o seu problema? A gente empatou sua foda ou algo do tipo? — O cara começa a se virar para levar sua piada para casa.

Meu punho vai em direção à sua camiseta e o empurro contra a parede.

— Olha como fala comigo, porra — alerto, e meus seguranças vêm, um deles se certificando de que seus amigos não tentem me afastar, o outro para tirar o cara das minhas mãos e levá-lo para fora do bar.

Em todos esses anos, só coloquei minhas mãos em alguns clientes e apenas para apartar brigas. Nunca estive em uma.

Os seguranças tiram os últimos retardatários do bar e eu mexo o pescoço, tentando entender que porra deu em mim.

Enquanto volto para o escritório, não deixo de perceber a forma como Stella está apoiada no balcão com o sorriso mais presunçoso na cara.

— Não diga nada. — Aponto para ela enquanto passo.

Escuto sua risada ao pegar a mala de Jolene para fazê-la entender como estou falando sério sobre querer que ela passe a noite aqui. Então vou em direção ao corredor, onde realmente quero estar.

Chegando em frente à porta, respiro fundo, tento sair do modo trabalho e voltar a dez minutos atrás, quando estava envolvido por suas pernas, que têm assombrado meus sonhos por uma década.

Abro a porta e encontro o completo vazio. Meu escritório não é grande, então olho em volta, meu coração acelerado.

Não, ela não foi embora. Ela não poderia ter feito isso.

Sua voz ecoa do banheiro, e percebo que meu coração está a mil.

— Não pode ser! — Escuto-a dizer, escorregando e afundando encostada na porta. — Droga — diz ela, batendo o pulso na madeira dura. — Não, me desculpe. É só... — Sua voz está repleta de preocupação, fazendo com que eu me pergunte o que está acontecendo. — Ok. Não. Eu entendo. Se é protocolo. Vou verificar com eles amanhã. — Há uma pausa em suas palavras. — Sim, você também. Boa noite.

Fica silencioso por alguns minutos, então bato na porta.

— Está tudo bem?

Ela abre. Seus olhos amuados, apáticos e perplexos.

— O que aconteceu? — pergunto, vendo-a segurar um lado da cabeça, seu rosto contraído em agonia.

É quando percebo o pano no balcão com um pouquinho de sangue. Reposiciono os braços para olhar melhor e ela se encolhe com dor.

— Você está sangrando?

Vou até ela e passo os dedos pela lateral de sua cabeça e pelo cabelo.

Ela suspira frustrada.

— É meu ouvido. Ele não desentupiu com a pressão do ar da cabine. Droga de mudança de altitude. Vim aqui para me limpar quando senti uma dor aguda e forte no meu ouvido e então saiu um líquido dele. Doeu tanto que eu surtei. Liguei para o médico que temos de plantão e ele disse que perfurei o tímpano.

Afasto seus cabelos para olhar mais de perto. Meus dedos acariciam seu pescoço gentilmente abaixo do machucado.

— Você ainda está com dor?

Ela balança a cabeça para o lado.

— Um pouco desconfortável, mas não dói agora. Foi só o estouro repentino.

Ela está com o celular na mão.

Aponto em direção ao telefone com o queixo.

— Você não parecia muito feliz com o médico.

— Eu deveria estar a caminho de Paris. Em vez disso, tenho que ir à enfermaria da companhia aérea amanhã. Eles vão redesignar minha rota para outra pessoa até que eu tenha permissão médica.

— Você vai ficar por mais um dia? — Meu coração começa a acelerar loucamente de novo.

Ela fecha os olhos.

— Odeio isso.

— Ficar parada?

Seus olhos estão abertos, mas ela não olha para mim.

— Ficar presa.

Fico feliz que ela esteja com a cabeça inclinada para baixo, porque, se eu vir aqueles olhos de cachorrinho abandonado, posso acabar beijando-a de novo.

Com um suspiro, ela anda próximo a mim e pelo escritório. A mesa ainda está uma bagunça de quando eu estava com ela levantada, com as pernas abertas. Passo a mão no cabelo e puxo as pontas.

Ela pega a mala, a coloca em cima da mesa e começa a abri-la.

— O que está fazendo? — pergunto, as mãos paradas atrás da cabeça.

Me olhando, ela dá de ombros.

— Vou me trocar.

Arqueio as sobrancelhas.

— Você vai ficar?

— O filho da Monica está doente e cedi meu quarto de hotel para uma família no aeroporto. Posso procurar outro lugar se você...

— Não. — Dou um passo à frente e coloco a mão em seu ombro. Seu corpo congela. — Quero que você fique.

Posso sentir a tensão sair das suas costas quando seus ombros relaxam. Estaria mentido se dissesse que os meus também não estavam tensos. Nosso momento de luxúria pode ter ido embora, mas há essa energia entre nós. Não sei o que é, mas não estou pronto para abrir mão dela ainda.

— Vou te deixar à vontade para você se trocar — digo, me virando em direção à porta. Fecho-a atrás de mim e desço as escadas em direção à cozinha.

A equipe da limpeza está lavando o chão. Como a cozinha fecha às 21h, já foi esterilizada há horas. Abro a geladeira e pego cheddar, bacon e tomate. Tem algumas fatias de pão sobrando, então eu as pego e começo a fazer um sanduíche.

Quando volto para cima, tenho que equilibrar os pratos ao abrir a porta. Jolene está sentada na cama dobrável com uma calça de pijama, um blusão de moletom e pés descalços. Fez um rabo de cavalo, e parece que o tempo voltou dez anos.

— Esse cheiro é de bacon? — Ela olha do sofá, espiando os pratos em minhas mãos. Seu sorriso me deixa sem fôlego.

— Sou um homem de poucos truques, eu acho.

Ela olha para baixo, depois dá um sorriso olhando para o lado.

— Achei que... deixa pra lá.

Aceno com a cabeça confirmando seus pensamentos.

— Não achou que eu lembraria que esse é seu lanche noturno preferido?

Seus olhos tremulam em direção aos meus e tenho que desviar o olhar. Coloco os pratos na mesa de centro e vou até o frigobar. Só tenho cerveja e refrigerante. Quando procuro no fundo, vejo duas caixas de suco. Entrego uma a ela.

— Uma limonada de caixinha. Que estranhamente adorável — diz, tirando o canudo do plástico. Ela dá um gole e coloca a caixa de suco entre as pernas cruzadas. — Você não precisa ficar. Está tarde e já tomei muito do seu tempo. Estou bem aqui... a menos que... — ela para e faz um biquinho — ... você não confie em mim aqui.

Sorrio com o comentário.

— Não estou acostumado a deixar pessoas dormirem no meu escritório, não.

Sua cabeça pende para baixo e tenho que me curvar para fazer com que seus olhos encontrem os meus.

— Também não posso te deixar aqui sozinha porque não tenho para onde ir. Eu moro aqui.

Suas sobrancelhas franzem.

— Quando disse que morava aqui cinco dias por semana, você quis dizer literalmente?

Faço que sim com a cabeça e lhe entrego o prato.

— Tenho uma cama aqui e um chuveiro no banheiro. Seria um desperdício de dinheiro alugar outro lugar. Além disso, a geladeira da cozinha está sempre cheia.

— Espero não ter te ofendido com minha surpresa.

— De jeito nenhum. Não preciso de muito para viver, aparentemente.

— Sei como é — diz ela, distraída, e dá uma mordida. Ela solta um gemido baixinho e meu pau fica apertado na calça.

— Isso está divino. — Ela suspira, levantando o queixo e mostrando a pele macia ao longo do pescoço.

Dou uma mordida no sanduíche e controlo meus malditos hormônios para não me inclinar para a frente e chupá-la ali.

— Você está tonta? — pergunto, me lembrando que trouxe Tylenol da cozinha. Entrego a cartela e ela sorri.

— Eu estava quando meu tímpano rompeu, mas já passou. Só sinto uma pontadinha de vez em quando. — Ela segura a cartela. — Obrigada.

— Vai ter que tomar cuidado no banho. Não pode deixar cair água no ouvido. — Ela ergue a sobrancelha.

— Você parece um profissional falando.

— Perfurei o tímpano alguns anos atrás. Não consegui ouvir porra nenhuma durante uma semana.

Ela inclina a cabeça, intrigada.

— Depois de andar de avião?

— Briga de bar. Um babaca estava agarrando uma moça contra a vontade dela. Eu intervi.

— É muito admirável da sua parte.

— Foi a coisa certa a fazer.

Ela sorri e fica em silêncio enquanto come seu sanduíche. Já comi o meu, então fico sentado, com os cotovelos apoiados nos joelhos, olhando para a parede, pensando que diabos faço ou digo em seguida.

— Aquele cara, aquele com quem eu estava falando mais cedo quando você veio e nos interrompeu. — Suas palavras me fazem virar para sua direção. Ela dá um sorriso esperto. — No começo, ele foi gentil, mas, antes de você chegar, começou a ser muito intenso. Percebi uma mudança de uma boa conversa para uma insinuação de para onde ele queria que a conversa levasse. Você apareceu na hora certa.

Um rosnado começa a ressoar nas minhas entranhas.

— Eu devia ter quebrado a cara dele.

— Não. — Ela levanta a mão. — Posso cuidar de mim mesma. Já faço isso há muito tempo. Não preciso de um homem para me proteger. — Seus dentes deslizam por seu lábio enquanto ela faz uma careta, olhando para os lençóis para organizar seus pensamentos. — O que eu quis dizer é que, embora eu não *precise* de alguém para me proteger, foi bom sentir que tenho um amigo do meu lado. Então, obrigada por ter sido um amigo. Não tenho alguém assim há um bom tempo. — Ela fecha os olhos, como se estivesse com vergonha.

Ela é tão honesta nesse momento, e o último pedaço de hesitação que estava por um fio me deixa.

Seguro sua mão. Minha ação a assusta. Ela abre os olhos, olhando para minha mão sobre a dela com a testa franzida. Olha para mim com o mais tímido dos sorrisos, frágil e tocada.

Lembranças de como era bom quando eu fazia algo assim transbordaram em mim — quando eu preparava um lanche para ela, cuidada dela, a consolava. Eu costumava dizer que iria até a Lua e voltaria só para vê-la sorrir daquele jeito. Agora lembro por quê.

Engraçado como algumas coisas não mudaram muito, mas ao mesmo tempo tudo mudou.

Tá tudo tão diferente.

— Você precisa dormir. — Pego seu prato, coloco junto com o meu e os deixo na mesa de cabeceira. Ligo o abajur e apago as luzes.

Tiro os sapatos com os pés e puxo minha camiseta por cima da cabeça. Enquanto tiro o cinto, me viro e vejo que Jolene ainda está sentada na cama, boquiaberta e com os olhos bem abertos.

Paro na fivela.

— Tá tudo bem?

Ela pisca duas vezes antes de dar uma rápida sacudida na cabeça.

— Não, eu só... — Ela pausa, levantado o dedo e o movimentando em círculos em direção ao meu peito e abdômen. — Você não tinha tudo isso dez anos atrás.

Porra, a sua expressão de quem está perplexa e gostou do que viu faz muito bem para o meu ego.

— Não sou mais um moleque, Jolene.

Ela engole em seco.

— Eu percebi.

Xingo em voz baixa porque ela não tem ideia do quanto isso está sendo duro para mim. Literal e figurativamente. De repente, ela aperta os olhos com força e inclina a cabeça. Está segurando a orelha e soltando um palavrão.

Coloco um joelho sobre a cama e me curvo em direção a ela.

— É seu ouvido. Espere alguns minutos que o remédio vai fazer efeito. Deite e deixe passar. Não há nada que você possa fazer senão descansar.

Ela assente e cai no travesseiro.

Tiro o cinto e o jogo no chão. Normalmente durmo de cueca, mas acho que é melhor para nós dois se eu ficar o mais vestido possível, então pego uma calça de pijama e visto.

Me inclino e puxo a cordinha do abajur, escurecendo a sala para ela. A luz do poste lá fora projeta seu brilho no escritório. Ilumina a silhueta de Jolene deitada, aconchegada ao meu lado.

Ao longo dos anos, imaginei dez cenários diferentes de como seria vê-la. Até agora, cinco deles aconteceram esta noite. Eu a esnobei, a deixei com desejo por mim, chupei sua boceta, cuidei dela e agora ela está na minha cama, me chamando de amigo. Não sei como me sinto com relação a nenhum desses cenários.

Só sei que ela está aqui e não estou com tanta raiva quanto deveria.

E, enquanto está deitada, tão doce quanto no dia em que a conheci, há uma coisa que não consigo deixar para trás.

Ela me abandonou.

Essa mulher me abandonou quando mais precisei dela. Esse tipo de dor não vai embora. E ainda assim, se ela não tivesse ido...

— Zack? — ela chama do seu lado da cama.

Eu me viro; ela está de costas para mim.

— Sim? — Apoio a cabeça na mão para olhá-la de cima.

Seus cabelos, presos em um rabo de cavalo, expõem a orelha, o ouvido que está causando tanta dor.

Ela levanta os olhos para mim, a luz fraca lançando um brilho difuso sobre seu rosto. Quando seus olhos encontram os meus, eles se enrugam nos cantos.

— Você é um bom homem. Não precisava ter feito o que fez por mim hoje.

— Você já me agradeceu por ter cuidado de você.

Ela dá um sorriso amarelo.

— Você me chamou para sua casa.

Suas palavras me deixam confuso.

Sua voz é suave, porém séria.

— Um homem inferior jamais teria feito isso. Você poderia ter simplesmente me deixado ir embora, mas me trouxe para sua casa.

Ela não faz ideia do quanto foi difícil para mim chamá-la para entrar. Não faz ideia do quanto tive medo de que dissesse não. Não faz ideia de muitas coisas.

Estou muito ferrado e já é pra caramba. E por eu ser uma espécie de masoquista, faço a coisa mais estúpida que poderia fazer agora.

Eu a abraço.

Deslizando o braço esquerdo por baixo do seu pescoço, eu a seguro com um braço e a puxo para mais perto com o outro.

Dez anos de vingança pessoal estão do outro lado da porta do escritório, porque, por mais que eu a odeie, não há dúvidas de que amei essa mulher um dia.

— Boa noite, Jo — digo, puxando-a para mim.

Ela não reluta. Seu corpo relaxa e se molda ao meu. Enquanto adormece, meu coração dispara com a expectativa do que diabos vai acontecer daqui em diante.

CAPÍTULO 6
Jolene

Noventa e seis horas. Estou suspensa das viagens até meu próximo voo, em quatro dias.

Depois que saio da sala de exames, fico surpresa pela forma como Zack se levanta da cadeira, esfregando as mãos em antecipação.

Ele dever ter visto a expressão chateada no meu rosto quando pergunta:

— O que aconteceu? O que ele disse?

Quando acordei hoje de manhã, fui surpreendida ao sentir seu braço envolto na minha cintura. Seu corpo quente era como um casulo no escritório frio. Quando ele acordou e saiu da cama para usar o banheiro, senti um tremor ao perdê-lo.

É muito fácil ficar viciada nesse homem. Tenho que me policiar perto dele. Velhos hábitos são difíceis de mudar.

Enquanto eu me vestia para ir à consulta, ele insistiu em me levar. Aceitei porque... bem, não sei ao certo por quê. Acho que gostei da ideia de tê-lo ao meu lado hoje.

Eu suspiro, jogando a cabeça para trás.

— Estou bem, mas não posso voar por quatro dias. Depois terei que diminuir minhas horas por algumas semanas para me certificar de que vai cicatrizar direito.

Suas mãos deslizam pelos bolsos da frente da calça enquanto ele absorve a informação.

— Onde você vai ficar?

Levanto os braços, refletindo sobre isso.

— Não posso ir para casa, a menos que vá de ônibus, o que levaria uma eternidade. Eles me reservaram um hotel, mas não quero ficar presa no hotel do aeroporto, que é no meio do nada. Vou ligar para a Monica.

— O filho dela está doente — ele me lembra.

Fecho os olhos, frustrada.

— Verdade. E, por mais que eu o adore, não quero gripar e ficar presa em terra por ainda mais tempo. Preciso voltar a voar.

Ele me olha, seus olhos azuis fixos em mim inquisitivamente.

— Por que está com tanta pressa de ir embora?

A maneira como ele está fazendo essa pergunta, com a boca ainda insinuando algo na expressão que direciona a mim, me faz desviar o olhar, com medo de que ele leia o que minha alma quer lhe dizer.

— É o meu trabalho. — Pego minha mala e seguro a alça, fazendo um gesto em direção à porta. — Vou ver se encontro um hotel melhor por alguns dias, mais perto da... Ai! — Cubro meu ouvido com força quando uma dor aguda vem descendo pelo meu pescoço.

Zack vem rápido para o meu lado.

— Está sangrando de novo?

Nossos olhares se encontram e vejo que o dele abrandou. Seu carinho suaviza minha preocupação.

— Estou bem. O médico disse que ficaria um pouco dolorido. Acho que não devia ter mexido a cabeça tão rápido.

Seu olhar oscila pelo meu rosto de um lado para o outro, como se procurasse alguma coisa. Ele trava a mandíbula. Não com frustração; mais como se estivesse em conflito consigo mesmo, ponderando uma espécie de grande dilema.

— Bem, acho que você está presa comigo. Estou indo para Dixon, então vamos. — Ele pega a bolsa da minha mão e começa a sair em direção à porta, seus passos um pouco em falso, suponho que por conta do acidente.

Ele quer que eu vá para Dixon.

O lugar onde crescemos.

Com ele.

Agora?

Ele se vira e vê que estou parada no mesmo lugar onde me deixou.

— Você vem? — ele me pergunta com as sobrancelhas arqueadas.

Levanto e coloco as mãos nos quadris:

— Eu não vou voltar para Dixon.

Ele solta minha bolsa e se vira completamente para mim.

— Por que não?

Com um aceno de mão, tento procurar um motivo justificável. Não tenho nenhum, necessariamente, então respondo:

— Porque lá não há nada para mim.

Suas sobrancelhas se contraem enquanto ele me olha.

— Você não esteve em casa?

Viro a cabeça na direção oposta, sem querer responder.

— Não é mais minha casa.

— É onde você foi criada pelos primeiros dezoito anos da sua vida.

— Não é quem eu sou.

— Foda-se — diz ele, com emoção feroz.

Agora ele tem minha atenção e a de uma mulher sentada em uma das cadeiras, esperando seu nome ser chamado para uma consulta.

— Como é que é? — eu o desafio.

Ele levanta um ombro e cruza os braços, me encarando com seus olhos e suas palavras.

— É onde seus pais nasceram. Onde escolheram te criar. Onde você caiu da bicicleta com oito anos e ficou com uma cicatriz no joelho. Onde ganhou o concurso de beleza Pequena Miss Dixon com nove anos e onde perdeu a virgindade no banco de trás de uma caminhonete com dezesseis anos.

— Zack! — eu o repreendo, e os olhos da mulher se arregalam.

Ele não parece se importar.

— Do que você tem medo?

Estou de queixo caído, surpresa com a acusação. Abro e fecho a boca, piscando os olhos.

— Nada. Só não tenho vontade nenhuma de ir lá.

Seu olhar permanece fixo em mim e um sorriso malicioso aparece no canto de sua boca.

— Você tá com medo.

Agora é a minha vez de cruzar os braços em posição de defesa.

— De quê?

— De colocar os pés na cidade e encarar as pessoas de quem você fugiu.

— Isso é ridículo.

Ele avança, seus braços mal tocando os meus. Estamos em um impasse, nossos corpos fechados um para o outro, embora disséssemos mais com aquela linguagem silenciosa do que jamais conseguiríamos com nossas palavras.

— Venha para casa comigo — ele exige.

— Zack...

— Eu te desafio. — Agora seu sorriso malicioso alcançou seus olhos.

Eu semicerro os olhos para ele e franzo o nariz. Odeio que me conheça tão bem. Ele é um completo estranho para mim, conhecendo apenas minhas partes que não existem mais, e ainda assim me entende. Talvez eu não tenha mudado tanto quanto achei que tivesse.

— Vamos, querida. Vá para casa com ele — diz a mulher na sala de espera.

Me viro e ela está olhando para nós como se fôssemos sua novela preferida passando ao vivo.

Ela faz um gesto, me mandando sair.

— Podem acontecer coisas piores nessa vida do que passar alguns dias ao lado de um homem que tem os olhos do Rob Lowe.

Aponto para Zack.

— Ele não tem os olhos do Rob Lowe.

Ela faz que sim com a cabeça.

— Tem sim. E o sorriso do George Clooney. Você é muito bonito.

Me viro para Zack, que está corando. *Esse safado está curtindo isso.*

— Obrigado, senhora — ele responde e se vira para mim com um sorriso atrevido. — Vamos, franguinha. Parece que você tem um encontro com um galã dos anos 1990 na cidadezinha onde cresceu.

Reviro os olhos para ele.

— Para sua informação, só estou indo porque não tenho para onde ir.

Ele levanta minha mala e pega minha mão, me levando do consultório.

— Você está pensando demais. É o mesmo lugar onde você cresceu. Nada mudou.

Eu suspiro.

— Sim, esse é o problema.

A viagem para Dixon é bem silenciosa. Zack deixa o rádio em uma estação de música *country*, algo que não escuto há anos. *Country* não é o gênero mais popular em Nova York e, quando estou viajando, tenho minhas próprias *playlists*. Agora eu deveria estar ouvindo Édith Piaf. Maldita neblina, e agora, maldito tímpano perfurado.

— Nervosa? — pergunta Zack, do assento do motorista. Sigo seu olhar para o meu joelho, que está balançando.

— Frio — eu minto, me cobrindo com o casaco e roendo a unha do polegar.

Ele me olha de lado com um sorriso sarcástico. Quanto mais nos afastamos de São Francisco, mais quente fica. Abaixo a mão e mudo de assunto.

— Então, o que você faz em Dixon dois dias por semana?

— Ajudo meu pai na oficina mecânica. Ele tem uma equipe agora, mas, com o mal de Parkinson, não consegue ser tão ativo quanto gostaria. Isso o frustra, então venho ser as mãos dele quando está tentando mostrar os rapazes o que precisam fazer.

— Como ele está?

Seu peito infla e ele solta um suspiro profundo, audível.

— Ele está bem. Sua mente está afiada como uma agulha, mas o corpo está tendo vida própria. Ele vem para São Francisco se consultar com os melhores médicos e está sendo medicado. A única coisa que esperamos é prolongar a próxima fase de sintomas o máximo possível. Por enquanto, ele está indo bem.

— Indo bem é bom.

— Não. É papo furado. Odeio ver meu pai se perder lentamente.

Faço que sim com a cabeça, apesar de não entender de verdade. Meus pais não sofreram. Morreram no impacto. Nunca tive chance de me preocupar com eles sumindo a olhos vistos. Saí para a escola um dia e, antes de voltar, a tragédia já tinha acontecido.

— Que horas você precisa estar na oficina? — perguntei.

— Nove — ele responde, se ajeitando no assento.

— Zack! Isso foi horas atrás.

— É a primeira vez que me atraso.

Passo a mão no rosto. Um dia de volta na sua vida e já estou bagunçando as coisas.

— Não precisava me levar ao médico.

— Precisava sim — ele declara com firmeza. — Você está machucada.

E aí está o que motiva Zack. Ele é um cuidador nato. Era assim quando tínhamos treze anos e ele encontrou um gatinho na rua. Ele trouxe o Sr. Jenkins para casa e o alimentou com pouquinhos de leite. Sempre amei isso nele.

Zack passa a mão no peito. Está preocupado e eu sei por quê.

— Está te deixando angustiado chegar atrasado, não é?

Ele levanta um ombro, mas sei que o está consumindo por dentro, não importa o quanto tente negar. Ele odeia decepcionar alguém, qualquer que seja o motivo.

Ficamos em silêncio de novo, ouvindo Miranda Lambert cantar sobre a casa que construiu. Quero rir da ironia.

— Por que ir para casa é um problema tão grande? — Zack finalmente pergunta enquanto passamos por Vallejo, chegando mais perto do nosso destino.

— Você nunca vai entender — sussurro.

— Então tente me explicar.

Eu suspiro enquanto olho pela janela, ignorando sua pergunta.

— Por quanto tempo ficaremos na cidade?

— Normalmente fico segunda e terça e volto na quarta-feira de manhã.

Meu corpo gira tão rápido que meu cabelo gruda no gloss.

— Vamos ficar aqui por dois dias?

— Está com pressa para ir a algum lugar?

— O que eu deveria fazer? — indago, e então algo me ocorre. Ele mora em um escritório em seu bar. As chances de ele ter uma casa em Dixon, onde só dorme duas noites por semana, são muito pequenas. — Vamos ficar na casa dos seus pais?

— Sim.

Respiro fundo.

— Não sei se é uma boa ideia.

Ele se vira para mim com um olhar severo.

— Vai ser tranquilo. Você sabe que meu pai sempre gostou de você.

— Não é com o seu pai que estou preocupada — digo, mordendo o lábio.

— Sim, minha mãe te odiava.

Não tenho sequer um contra-argumento perspicaz. É a verdade. Sandra Hunt não foi com a minha cara desde o dia em que seu filho foi pego matando aula comigo. Nunca namore um cara que seja filho único e cuja mãe pense que ele é a coisa mais preciosa do mundo.

— Talvez seja melhor você levar uma torta ou algo assim — ele diz, sério.

— Isso é engraçado para você? — Eu lhe dou um empurrão no braço e ele abre um sorriso. — Ela nunca achou que eu fosse boa o suficiente para você. Posso imaginar o quanto me odiou depois que eu... — Paro de falar, e as palavras remanescentes deixam o espaço entre nós vazio.

Zack segura o volante. Provavelmente não é bom ter essa conversa no carro enquanto ele está dirigindo em uma autoestrada com tantas pessoas.

— Ela ao menos sabe que eu vou?

— Não, ainda não. Não achei que você viesse até sairmos do médico. Não quis enviar mensagem porque sei que ela ligaria.

— Sim, para dizer que não sou bem-vinda.

Ele balança a cabeça.

— Tenho certeza de que ela já superou. Eu já trouxe outras mulheres para a vida dela. Ela não se preocupa só com você.

Nossos olhares se encontraram por um segundo antes de ele se voltar para a estrada. Há mais conversas pendentes além de apenas o motivo de eu ter ido embora. Talvez a pior parte de voltar para Dixon é que teremos de confrontar esses fantasmas. Retornar à minha cidade, onde éramos um *nós*, trará tudo de volta.

Não sei se estou pronta.

Saímos na West A Street e respiro fundo.

— Bem, posso ver que nada mudou por aqui.

Olho para a terra que foi arada para o próximo plantio e para o velho restaurante mexicano onde comíamos quando éramos pequenos, que fechou vinte anos atrás e ainda continua vazio, com o estacionamento de terra o cercando.

Ir de São Francisco a Dixon pode ser um choque cultural. Apesar de ficar apenas a pouco mais de uma hora pela Interestadual 80, é como água e vinho em termos de população, demografia e paisagens.

Enquanto São Francisco é nebulosa e fria, aqui é céu azul e calor. O maior prédio talvez seja a velha casa de fazenda em Midway, que tem um sótão no terceiro piso, e há mais lotes de fazendas do que pessoas. A câmara municipal consiste em pessoas que nunca querem mudanças, e à nossa volta há famílias que compartilham dessa opinião.

A vida é mais devagar aqui. As pessoas não reclamam do trem que passa bem pelo centro da cidade, parando o trânsito três vezes por dia, e não é surpresa ver alguém pilotando um trator pela estrada de mão dupla, a 8 quilômetros por hora.

— Você vai se surpreender. Algumas coisas mudaram e, na verdade, algumas pessoas com quem estudamos na escola estão deixando sua marca na cidade.

— Uau — digo sarcasticamente.

Ele balança a cabeça enquanto vira para a First Street. A oficina do Roger fica à direita, e só sua visão traz de volta uma inundação de lembranças. Principalmente de um Zack jovem, inclinado no capô de um carro, lado a lado com o pai enquanto aprendia o negócio da família.

Zack estaciona a caminhonete. Fico parada olhando para seu pai, que está sentado em um banco, apontando para algo debaixo de uma caminhonete levantada acima de sua cabeça enquanto fala com a pessoa de pé ao seu lado. Os movimentos de seus braços são trêmulos, para dizer o mínimo, enquanto seu outro braço apoia o peso do corpo em uma bengala preta. Está mais magro, com uma aparência mais frágil, apesar de seu tamanho robusto.

Ele ainda é bonito, apesar disso. Aqueles olhos azuis que deu ao filho são visíveis, mesmo à distância, e seu cabelo ainda está cheio e ondulado, com uma pitadinha de fios grisalhos.

Quando disse que lembranças voltariam, não eram apenas as de Zack. Ver Roger traz uma pontada de culpa para a qual não estava preparada.

Após meus pais falecerem, Roger me colocou debaixo de sua asa, agindo como meu pai. Havia vezes em que eu me perguntava se ele gostava mais de mim do que de Zack. Dizia que eu era a filha que ele queria ter tido. Esteve ao meu lado sempre que precisei, e, assim que fui declarada adulta, fugi.

— Você vem? — Zack pergunta antes de sair.

Faço que sim com a cabeça, precisando de um momento para me recompor.

— Tenho que entrar. Metade do dia já foi — diz ele.

— Que maneira de começar essa agradável reunião — resmungo para mim mesma antes de sair da caminhonete.

Roger se vira quando escuta a porta do carro batendo. Percebo que Zack está inclinando a cabeça em minha direção, fazendo o pai dar uma boa olhada em quem acabou de descer do carro. Quando fecho a porta e fico à vista, Roger aperta os olhos, me olhando em choque como se estivesse vendo um fantasma.

— Eu realmente estou vendo quem está na minha frente? — Ele tenta ficar em pé.

Dou um sorriso tímido enquanto vou rapidamente até ele para que não tenha que se mexer.

— Sim, senhor. Por favor. Fique sentado.

— Ah, minha querida. — Ele fica sentado e se inclina para a frente com a bengala. — Venha cá e me dê um abraço.

Ele abre os braços e os estende mais ou menos até metade da altura que deveria para me abraçar.

Me curvo para o abraço e faço por ele o trabalho de nos unirmos.

— Por onde você andava, criança? — ele pergunta quando o solto.

— Por todo lugar. — Sorrio. — Sou comissária de bordo, então estive em toda parte.

— E ainda assim não achou seu caminho de volta para cá? — Ele podia não ter a plena mobilidade de seu corpo, mas suas inflexões vocais estão afiadas. E essa está me mostrando que está decepcionado. — Às vezes, o caminho de volta para nossa casa é o mais difícil de encontrar.

Olho para baixo por um momento, para que não veja como suas palavras são potentes.

— Estou aqui agora.

Roger pega minha mão. É fria e macia.

— Sim, está. — Quando ele se vira para Zack, é com uma risada. — Por que não me disse que era por isso que estava atrasado? Não teria te culpado.

Ele pisca para mim e rio da sua jocosidade descarada, me deixando mais calma.

— Digamos que nada disso foi planejado — diz Zack atrás de mim.

Quando o olho, vejo cautela em sua postura. Para alguém que queria que eu viesse para casa com ele, certamente está agindo como se estivesse pensando melhor.

— Então você não voltou para ele? — Roger me pergunta.

Me viro para Zack, pensando em uma resposta.

— Definitivamente não — revela Zack, procurando a papelada no balcão para ver o que eles têm disponível na loja —, mas ela está presa comigo agora por alguns dias porque não pode voar.

— Não pode voar? O que aconteceu? — pergunta Roger com preocupação.

— Perfurei o tímpano.

— Você precisa de uma meia — declara Roger.

— Pai, não. Ela já foi ao médico — rebate Zack, irritado.

Roger aperta minha mão.

— Vá ao Bud's e diga a ele que você precisa de sal aquecido em uma meia.

Se fosse em São Francisco, eu diria que era um pedido ridículo, mas estamos em Dixon, e aqui não existe nada ridículo. Se o mecânico do outro lado da rua pede uma meia com sal, eles irão esquentá-la num piscar em olhos.

— Aquele lugar ainda existe? — Olho para o outro lado da rua e ele está do mesmo jeito de sempre.

— Vá almoçar enquanto estiver aqui. Coloque na minha conta — insiste Roger.

— Eu posso pagar meu próprio almoço — digo.

— Deixa eu te falar. Pegue uns hambúrgueres para mim e Zack quando for lá e está tudo perdoado — diz ele com uma piscadela.

Arqueio as sobrancelhas com suas palavras. *Tudo perdoado? Ah, se fosse tão fácil.*

ESCALA PARA O AMOR

CAPÍTULO 7

Zack

Vejo Jolene sair da oficina e me pergunto o que essa pequena viagem na trilha da memória vai fazer. Durante toda a vinda para casa, observei que ela balançava a perna e roía as unhas. Sempre achei que ela se sentia boa demais para esse lugar. A forma como está agindo agora é como se esse lugar fosse bom demais para ela.

Nunca foi o caso.

Jolene era uma estrela, brilhante demais para essa cidade sombria. Um lugar onde tudo fecha às 22h e o limite de velocidade é de 40 km/h.

Mesmo quando menina, já estava pronta para um estilo de vida rápido. Seu pai costumava levá-la à fazenda para ordenhar as vacas com ele. Ela não conseguia fazer uma simples tarefa sem transformá-la em um jogo, tirando o leite das vacas enquanto cantava sua música preferida. Costumava fazer as tarefas depressa para que pudesse montar em um dos cavalos e cavalgar pelas colinas.

Isso deixava seu pai louco.

Estou sorrindo sozinho quando meu pai se levanta. Seu corpo está mais lento do que nunca. Quando chegar o dia em que não puder andar de jeito nenhum, será o mais difícil. Roger Hunt adora sua liberdade física.

— Por que esse olhar? — ele pergunta enquanto se aproxima. — Um minuto atrás, você estava rindo sozinho e agora parece que alguém chutou seu cachorro.

Eu o ignoro enquanto ando em volta do carro que corresponde à papelada na minha mão e me certifico de que o serviço foi concluído adequadamente.

— Você continua me olhando como se não fosse manco também — diz meu pai.

Eu lhe mostro o dedo do meio.

— Minha manqueira me dá ginga.

Ele vem até mim, fazendo uma dancinha com os ombros, que se perde na forma como seus ombros sempre parecem estar dançando.

— Ginga? Se eu soubesse disso, estaria nos bares, mostrando meus passos.

Eu rio dele e mexo no motor. Pego uma chave inglesa para me certificar de que as válvulas estejam apertadas.

— Ela mudou, Zack.

As palavras do meu pai fazem minhas mãos parar.

— O senhor só a viu por um segundo.

Ele chega mais perto, rodeando a parte de trás do carro.

— Tenho cinquenta e seis anos. Se você chega na minha idade e não sabe nada sobre mulheres, então falhou como homem.

— Ah, é? Bem, se estiver falando do corpo dela, acredite, eu percebi. — Aperto o parafuso agressivamente.

— Você sabe que não estou falando da aparência. Embora, sim, eu seria cego de não perceber que ela se tornou uma mulher muito bonita.

— E como. E tem o gosto tão bom quanto a aparência — murmuro *essas* palavras para mim mesmo.

O velho pode ter a mobilidade limitada, mas tenho a sensação de que ele reuniria forças para bater na minha cabeça se eu fizesse um comentário grosseiro sobre uma mulher.

Consigo sentir seu julgamento do lado oposto do veículo. Coloco os cotovelos na beira do carro e lhe dou minha total atenção.

— O que foi, coroa?

Ele se escora no veículo, apoiando o ombro no metal. Esse simples ato parece tirar seu fôlego. Pega um lenço do bolso e dá batidinhas leves no alto da cabeça.

— Você sabe o que está fazendo com Jolene? — pergunta.

— Não — respondo sinceramente. — Nada disso foi planejado. Ela simplesmente apareceu do nada. Primeiro, eu fiquei puto e, depois, quis respostas.

— Você teve suas respostas?

— Não todas.

— O que vai fazer quando estiver tudo em pratos limpos?

Estive tão consumido pelo fato de ela estar realmente aqui que não pensei muito sobre o que vai acontecer depois que discutirmos a coisa toda. O que quer que essa *coisa* seja. Porra, eu nem mesmo sei se vale a pena discutir tudo. É uma questão antiga. Tantas coisas aconteceram desde que ela foi embora.

— Ainda não pensei nisso.

— Você a trouxe de volta por um motivo. Se pensa que vai fazê-la querer ficar, está enganado.

— Eu não a trouxe aqui com segundas intenções. — Deixo cair os ombros, abrindo os braços em interrogação. — E o que te faz pensar que ela não vai mudar de ideia?

Ele coloca o lenço no bolso.

— Aquela garota nunca foi feita para esta cidade. Você sempre foi tolo de pensar que ela iria se acomodar. Só quero ter certeza de que você está pensando com isso aqui. — Ele aponta para a cabeça.

Faço uma careta.

— Em oposição a quê?

— Deixe de ser mente suja. Você precisa pensar com a cabeça e não com o coração. Aquela garota fez um estrago em você.

— Isso foi há muito tempo, pai.

— Sim, mas sentimentos nunca mudam. Amo sua mãe há mais de trinta anos. Somos prova disso.

— Jolene e eu não éramos vocês.

— Conversa fiada! — Ele nivela os olhos com os meus. — Provavelmente sou o único dos homens que acredita em amor juvenil. Na verdade, acho que as pessoas jovens são as únicas que podem amar verdadeiramente, porque só o que fazem é usar o coração.

— Então por que está me dizendo para usar a cabeça?

— Porque, quando você fica mais velho, o amor não é suficiente. As pessoas têm ambições, desejos. Têm provações e adversidades. Têm doenças. — Ele ergue a sobrancelha, me fazendo entender que está falando de si. — Quando você pensa com o coração, está amando alguém apenas pela maneira como ela te faz sentir. Viver para alguém significa que você está para o que der e vier.

— Bem, eu já a amei uma vez. Viver para ela não é provável.

Volto a checar os parafusos. Estão o mais apertado possível, e ainda assim dou uma puxada em cada um.

— Eu sei que vocês terminaram por minha causa.

Quando pensei que os parafusos estivessem seguros, um cede, e eu o torço mais.

— Pai...

Ele levanta a mão.

— Não, espere aí. Nada de *pai*. Não sou idiota. Sei que vocês dois tinham uns planos grandiosos até eu ficar doente.

— Não eram tão grandiosos assim. — Solto a chave inglesa e limpo as mãos com um lenço.

— Mochilar pela Europa. Tomar vinho na Toscana, comer queijo no topo da Torre Eiffel, fazer um tour por um canal de Amsterdã. Ver a Aurora Boreal. — Seu tom de quem sabe do que está falando me faz olhar para ele. — Eu vi o livro.

O livro. Um caderno com a capa preta e branca onde escrevíamos todos os lugares do mundo para onde queríamos viajar. Para mim, era uma lista inspiradora. Férias que tiraríamos um dia. Talvez viajar pelo país, ver os campos de beisebol, algo que poderíamos fazer com nossos filhos, mas lar sempre foi com minha família. Eu iria encontrá-la no meio do caminho. Encontrar a linha na areia e segui-la com ela. Então veio o diagnóstico do meu pai e a linha na areia mudou de lugar.

— Ela foi embora. Não se esqueça disso.

— Ela estava assustada.

— Isso não é desculpa...

— Os pais dela morreram — diz ele em voz alta, e foi como uma facada na minha barriga.

A cidade inteira virou de cabeça para baixo quando os pais de Jolene, Bill e

Courtney Davies, foram atingidos por uma SUV que ultrapassou um sinal vermelho. Ambos morreram com o impacto.

— A menina perdeu os pais, e a avó perdeu o juízo.

Sinto uma fisgada de choque subir pela espinha. Jolene e eu estávamos escondidos depois da escola, deitando e rolando, se é que você me entende. Estávamos nas pilhas de feno do celeiro de seu pai, fazendo amor e conversando sobre todos os lugares onde faríamos amor sem ter que nos esconder. Quando estávamos indo embora, vimos as luzes da viatura do xerife subindo a estrada.

Queríamos ver a Aurora Boreal. Naquela noite, vimos os clarões vermelhos e azuis dos veículos de emergência. Solto um suspiro e sacudo a cabeça.

— Sim, ela ainda tinha família aqui. Ela tinha a *nós*.

Ele vem até mim e coloca a mão no meu braço. Está firme e ele coloca pressão no toque.

— Sou orgulhoso de te chamar de meu filho porque você coloca a família em primeiro lugar. Você provou isso mais vezes nos últimos dez anos do que jamais imaginei. Você é bom, Zachariah.

A maioria dos pais usa o nome completo dos filhos quando eles estão encrencados. Os meus o usam quando estão mais orgulhosos.

— Use a cabeça, filho. Descubra por que ela foi embora e deixe sua consciência decidir o que é certo e errado. Além disso, se ela nunca tivesse ido embora, pense sobre o que não teria acontecido — completa, e tenho que concordar.

— Já pensei nisso.

Ele assente.

— Fique com raiva dela pelo passado, mas agora ela está aqui, então, claramente, você está pronto para lidar com o presente.

— E o futuro?

— Ela já foi embora uma vez. Você vai sobreviver se for de novo — diz ele. Sua honestidade me faz colocar a mão no peito e esfregá-lo.

Vou até a bancada, colocando a ferramenta na mesa com mais força do que planejei.

— Sei que você já passou por muita coisa, mas também sei que seu coração nunca deixou o dela. Só tenha o cuidado de ir com calma. Só isso.

Ele vai para o escritório, me deixando com meus próprios pensamentos confusos.

CAPÍTULO 8
Jolene

Andar pelas ruas de Dixon é surreal.

O restaurante não fica tão longe da oficina, mas decido pegar o caminho mais longo e ver se a cidade ainda é como me lembro.

As ruas têm alguns carros estacionados aleatoriamente na frente das casas, e vejo apenas uma pessoa andando pela calçada.

Além das casas estão os campos abertos que já usei como *playground*, espalhando-se grandes e amplos até que se veja as Vaca Mountains ao longe.

Dando a volta pela First Street, percebo algumas fachadas de lojas novas. Uma loja de café orgânico, um café e até mesmo uma nova loja de botas. Vou em direção ao toldo verde tão familiar do bar da esquina.

O Bud's é um estabelecimento de primeira necessidade aqui, um restaurante onde eu costumava comer frequentemente com meus amigos. Quando abro a porta, é como se estivesse saindo de uma máquina do tempo. Está tocando uma música da Shania Twain na caixa de som, e o cheiro de costeletas de carneiro e cerveja paira no ar enquanto as cabeças de veado emolduradas nas paredes acima do balcão do bar me olham, como um sonho erótico de um taxidermista.

Bom saber que nada mudou.

— Olha só o que o vento trouxe.

Me viro e vejo um rosto familiar do tempo do ensino médio.

— Oi, Kelly. — Dou um pequeno aceno para minha ex-colega de sala. Pela cara feia, ela não parece querer jogar conversa fora sobre os velhos tempos em Dixon. — Você é garçonete aqui?

Ela olha para seu uniforme e depois para mim.

— Claramente, você não virou neurocirurgiã.

— Sou comissária de bordo.

— Sim, eu sei.

Inclino a cabeça, surpresa.

— Como você sabe?

Ela revira os olhos.

— Todo mundo na cidade sabe que você foi embora para servir amendoim.

Me inclino para trás, ofendida.

— Desculpe. Eu quis dizer garçonete aérea — diz ela, fastidiosamente. — Você faz a mesma coisa que eu, a diferença é que fico em um bar e você, em um avião. — Ela dá um passo na minha direção. — Espera só o Zack te ver. Ele vai ficar louco.

Nada como uma boa festa de boas-vindas.

— Na verdade, estou aqui com ele. Viemos de carro juntos, de São Francisco.

Ela para de andar e baixa a cabeça, me olhando com as sobrancelhas franzidas.

— Zack Hunt dirigiu até aqui... — sua boca se contorce como se ela estivesse chupando uma bala amarga — ... com *você*?

— Sim, Kelly. Escuta, tenho certeza de que você adoraria ter toda essa fofoca para espalhar pela cidade, mas só estou aqui para pedir uns hambúrgueres. Três. Para viagem.

Com um movimento lento e intencional, ela tira do avental a caderneta para anotar os pedidos e escreve algo.

— Mais alguma coisa? — pergunta, um tanto insatisfeita.

— É só isso. — Levanto os ombros enquanto ela sai sem dizer uma palavra. Vou até o balcão do bar e me sento, murmurando para mim mesma: — Bem-vinda de volta, Jolene Davies.

— Não ligue para ela. Ela só está irritada — diz uma mulher atrás de mim. Eu reconheceria aquela voz em qualquer lugar.

Giro o banco e olho para o rosto amigo de Lindsey Allen.

— Lindsey! — eu grito ao me levantar e a abraçar com emoção.

— Você está em casa!

Casa. Isso me faz parar no meio do abraço e olhar para o teto. Casa me faz pensar em família, em uma casa, em uma lareira quentinha e em pais que vão a todos os seus jogos de softbol.

Uma pontada de emoção sobe pela minha garganta, o que me incomoda um pouco. Tenho que dissipá-la antes de conseguir responder.

— Cheguei hoje mesmo. Meio que não tinha planejado. — Eu a solto, volto para o meu lugar e olho para ela. Cabelos loiros, olhos castanhos e um rosto cheio, vibrante. Ela não envelheceu sequer um dia. — É bom te ver. O que você está aprontando?

— Vim pegar meu almoço. Minha loja é do outro lado da rua. — Ela sorri animada apontando pela janela. Nessa direção, há uma cafeteria e uma loja de café orgânico.

— Sério? Que maravilha! Fico muito feliz por você. — Estou sendo completamente sincera.

— E você? Ouvi dizer que está voando pelos céus.

— Estou. Viajando pelo mundo todo.

— Menina, isso é ótimo! — Sua expressão abranda. — Você sempre quis explorar o mundo. Muitas pessoas ficaram chocadas quando foi embora antes da graduação, mas eu sabia que você foi feita para coisas maiores do que essa cidade.

Há algo na sua fala que me fez querer esclarecer.

— Essa cidade é maravilhosa. Eu só precisava sair daqui por mim.

Ela sorri, inclinando a cabeça.

— Querida, você sonhava em ir embora desde que éramos crianças. E tudo bem. Nem todo mundo nasceu para ficar onde foi criado. Isso não te faz melhor nem pior do que as outras pessoas. Você só tinha que encontrar seu lugar.

— Meu lugar?

— Sim. Qual é o seu lugar? — ela pergunta, interessada.

Meu lugar.

— Tenho um apartamento em Nova York. No Queens, perto do aeroporto JFK.

Seus braços se erguem.

— Meu Deus, Jolene Davies mora em Nova York. Espere até todo mundo saber disso! Você deveria vir tomar uma cerveja com a gente. Amanhã à noite, vai ter dança em linha aqui. Você tem que vir.

Dou uma risada.

— Uau. De jeito nenhum. Não danço em linha há séculos.

— Mais um motivo para você polir as botas e cair na dança! — Os olhos de Lindsey se arregalam em antecipação enquanto ela dá uma pequena rebolada.

Estou prestes a repetir que provavelmente não vou quando uma grande sacola de papel é jogada no balcão do bar na nossa frente.

Kelly está parada ao meu lado, segurando a conta para mim.

— Três hambúrgueres. Diga ao Zack que coloquei os anéis de cebola que ele adora.

Tentei pegar a conta de sua mão, mas ela a segura com força.

— Pode deixar.

Arranco o papel de suas mãos e olho para o valor. Comparado aos preços da lanchonete perto do meu apartamento, esses hambúrgueres são baratos.

Pago em dinheiro e digo para ficar com o troco.

— Kelly, pegue um daqueles cookies com gotas de chocolate que a Jolene gosta. Coloque na minha conta — pede Lindsey, fazendo Kelly resmungar enquanto se afasta.

— Irritada mesmo. Que bicho a mordeu? — pergunto.

Lindsey olha para mim como se eu fosse louca por não saber.

— Você... — diz ela, descontraída. — Escuta, nem todo mundo na cidade vai ficar feliz em te ver. Ter deixado o Zack da maneira como você deixou... Ele ficou bem mal por bastante tempo.

Baixo a cabeça, olhando para o chão.

— Acho que ele superou bem...

— Ele ficou muito mal, mas não é minha história para eu sair contando. E como ele é o queridinho por aqui, você fez muitos inimigos. Incluindo a Kelly. Além disso, ela sempre teve uma queda por aquele homem lindo. Ele nunca retribuiu as investidas dela. Te ver deve ser como esfregar sal na ferida da rejeição.

Tantas informações acabaram de ser reveladas e eu não sei qual processar primeiro.

Kelly volta com o cookie, o joga na minha sacola e entrega o pedido para viagem de Lindsey.

Lindsey solta um longo e profundo suspiro enquanto Kelly se afasta, então vira de novo, ombros para trás e aquele remelexo de volta em seu passo.

— Então, vamos beber?

— Vou pensar. — Pego a sacola do balcão e vou em direção à porta.

Lindsey também pega a dela e me segue.

— Passe pela minha loja para tomar um café. Podemos colocar o papo em dia.

— Seria ótimo.

Quando estamos fora do bar, ela me dá um grande abraço de novo, longo e apertado, do tipo que é mais um acolhimento do que qualquer coisa, antes de atravessar a rua.

Ainda mantive contato com a Monica porque ela era minha melhor amiga desde pequena, mas nunca pensei em todos os outros amigos que tinha. Pessoas de quem eu gostava na época. Ver Lindsey de novo trouxe de volta lembranças divertidas. Memórias que eu achava bobas na época, mas que moldaram quem eu sou hoje.

Sempre achei que Dixon fosse entediante e sem nada para fazer, mas talvez eu estivesse olhando do jeito errado. Meus pensamentos transbordaram com as vezes em que íamos ao riacho e ríamos até doer a barriga, ou dirigíamos pela First Street, com a música no rádio do carro tão alta que os donos das lojas chamavam nossos pais em vez da polícia. Esse é o tipo de coisa que acontece em uma cidade pequena. Eu odiava na época, mas, agora que vi o outro lado, acho que consigo perceber o quanto isso pode ser legal.

O fato de Lindsey lembrar do meu cookie preferido depois de todo esse tempo também aqueceu meu coração. É o tipo de coisa de que senti falta morando em Nova York ou estando constantemente em lugares novos.

Costumava ir a qualquer loja na cidade e todos sabiam exatamente quem eu era. Não precisava mostrar minha identidade no banco e podia até colocar coisas na conta dos meus pais nos lugares sempre que queria. Tinha um restaurante mexicano na cidade onde eu costumava ir, e quando chegava no balcão, meu pedido já estava feito. Você não recebe esse tipo de tratamento em Nova York. Sim, eu tenho conhecidos que trabalham em lugares que frequento, mas é diferente. Aqui não é só que você compra na loja; eles também te conhecem porque estudaram com seus pais no ensino médio ou porque você jogava softbol com a filha deles.

Essa é a diferença entre cidade pequena e cidade grande. As pessoas. Achei que era o que eu odiava nesse lugar — todos se conhecerem —, mas agora vejo como isso é único, e não posso mentir: até sinto de falta.

De volta para a oficina, meu celular toca, mostrando o nome de Monica na tela. Atendo e coloco a ligação no viva-voz.

— Oi, Monica. Como o Nicholas está?

— Ele está bem. Ainda indisposto, mas não foi por isso que liguei. Achei que me ligaria no caminho para o aeroporto. Você sabe que estou louca para saber o que aconteceu ontem à noite.

Tento fingir ignorância.

— O que aconteceu com o quê?

— Não minta para mim. Posso estar em São Francisco, mas não pense nem por um segundo que as notícias não se espalharam. Já me disseram que você está em Dixon. Estou achando que Zack te levou até aí. Agora desembucha.

Paro na esquina da rua, esperando um trator passar.

— Não é o que você está pensando. Quer dizer, nada de mais aconteceu. Perfurei o tímpano e não posso voar por alguns dias, então ele me trouxe aqui porque precisa ajudar o pai.

Ela prende a respiração.

— É algo sério?

— Não, isso pode acontecer quando se voa o tanto que eu voo.

— Ok, ótimo. Agora, o que você quer dizer com nada *de mais* aconteceu?

A oficina aparece à vista, onde vejo Zack trabalhando sob um carro. Todas essas lembranças estão sendo demais para mim. Eu curti minha vida até agora. Estou feliz. Não quero essas lembranças me trazendo de volta a um lugar que deixei para trás há anos.

— Nós só conversamos, e ele tomou conta de mim quando meu ouvido começou a sangrar. Só isso.

Ela suspira no celular.

— Odeio vocês.

Imagens dele chupando meu clitóris enquanto eu estava aberta na sua mesa me dão um aperto na barriga. Fecho os olhos para saborear o momento que definitivamente não estou pronta para compartilhar ainda. Preciso descobrir como me sinto antes de ouvir o que os outros acham.

— Tenho que ir. Acabei de pegar uns hambúrgueres do Bud's para nós e para o pai dele.

— Nham! Estou com inveja. Bem, me mantenha informada, e saiba que estou aqui, limpando vômito de um filho doente e louca para ouvir um babado.

Balanço a cabeça.

— Não espere sentada. Nós perdemos nossa chance anos atrás.

— Hã-rã. Tá certo. Estarei esperando.

— Bem, ainda tenho que ver a mãe dele hoje à noite, então você pode acabar tendo o que quer no fim das contas.

— Caramba, isso é melhor do que novela — ela responde, e eu rio.

— Você é a segunda pessoa que diz isso, sabia?

CAPÍTULO 9

Jolene

Depois do almoço, passei a tarde na oficina com Zack enquanto Roger voltou para casa para descansar. Se Zack não estivesse tão ocupado, olhando as faturas para a semana e verificando o trabalho dos empregados, diria que ele estava sendo deliberadamente distante.

Para não o atrapalhar, me ocupo dando outra volta por Dixon enquanto escuto minha *playlist* da Lizzo. A música é contemporânea demais para essa cidade sonolenta do interior. É um paradoxo. Bem como me sinto, passeando pelas ruas onde andei de bicicleta muito tempo atrás.

Encontro Zack na oficina na hora de fechar e entro na caminhonete para ir embora.

Quando estacionamos na entrada da garagem de seus pais, meu estômago começa a revirar. Tive um dia bom, me acostumando a estar de volta a Dixon, apesar da postura de Kelly. Falar com Roger foi ótimo e Lindsey foi acolhedora, mas ver a mãe de Zack de novo vai ser outra história.

Zack sai da caminhonete. Fico sentada por mais um segundo, olhando para a casa térrea. Parece a mesma, com o revestimento branco e o acabamento azul-centáurea, com uma placa de madeira fixada à casa onde lê-se *Os Hunt*.

Seja mulher e entre lá.

Faço o que digo para mim mesma e saio da caminhonete.

A brisa do verão tira o cabelo do meu rosto enquanto o cheiro forte de pot-pourri e velas me saúda na porta. O *déjà vu* aquece meu coração e me assusta ao mesmo tempo. Se nada mudou, tenho certeza de que o ódio dela por mim ainda é o mesmo.

Zack abre a porta e a segura para que eu entre primeiro.

— Mãe, chegamos — anuncia ele, ao fechar a porta atrás de mim.

O papel de parede floral no hall de entrada ainda tem fotos de Zack quando criança e adolescente — fotos de sua conclusão do jardim de infância até o ensino médio estão expostas.

Olho para a mesinha e percebo que uma foto que estava lá antes foi substituída.

Parece que algumas coisas mudaram.

Sua mãe, Sandy, vem da cozinha com um grande sorriso. Quando me vê, o sorriso desaparece.

Zack vai até a mãe, coloca as mãos em seus braços e beija suas bochechas.

— Que cheiro bom! Esperei para comer sua comida o dia todo.

Ela pega o pano que estava em sua mão e bate no filho com ele.

— Boa tentativa, tentando amaciar sua mãe. Seu pai já me disse que você comeu um hambúrguer do Bud's algumas horas atrás.

Quando ele se afasta, ela volta a me olhar com uma expressão de desdém.

— Muito bem, Jo Davies. Passaram-se dez anos e muita tristeza. Quer dizer alguma coisa antes de entrar nesta casa?

Meus olhos se arregalam para Zack. Ele me disse que seria tranquilo, não a Inquisição Espanhola.

Se achei que esse dia em Dixon seria uma viagem nostálgica, Sandy Hunt acabou de deixar sua marca. Ela me olha como se eu ainda fosse a menina de dezoito anos recém-completos que fugiu da cidade. Sou uma mulher de vinte e oito anos com uma carreira, aluguel e muita experiência viajando pelo mundo.

— Só estou aqui com seu filho para uma rápida visita e depois vou tomar meu rumo — digo o mais cordialmente possível. — Obrigada por me deixar passar a noite.

Ela franze as sobrancelhas enquanto me avalia com os olhos. Dos meus jeans e sapatilhas até a regata listrada. Se está me julgando pela aparência, consegue ver que certamente não sou a mesma menina que foi embora.

— Tudo bem, então, pode entrar. O jantar ficará pronto em vinte minutos —

diz. Quando ela começa a sair, se vira para mim, apontando o dedo. — Pode dormir no sofá-cama.

Quando ela se afasta, ergo as sobrancelhas e solto um suspiro que estava segurando.

Zack me dá uma cutucada no ombro.

— Eu disse para não se preocupar.

— Espero que ela não tente me estrangular durante a noite.

Ele ri do meu comentário e entramos na cozinha.

Pelo menos um de nós dois está rindo.

Na cozinha, Roger está tomando uma cerveja e comendo chips de tortilha e salsa.

Observo sua mão tremer quando ele coloca a batata na tigela e deixa manchas vermelhas na toalha de mesa.

Antigamente, isso teria deixado Sandy maluca.

— Zack, quero outra cerveja — pede Roger, e eu o observo pegar uma Sierra Nevada da geladeira. Ele olha para mim. — Não se preocupe com a bebida. Os médicos dizem que é bom para mim.

Faço que sim com a cabeça.

— O consumo de álcool é conhecido por reduzir os tremores. O lúpulo protege as células do cérebro de danos, retardando o agravamento do mal de Parkinson.

— Isso mesmo — ele concorda, balançando a cabeça. — Onde você aprendeu isso?

— Conheci um senhor em um voo uma vez. Ele estava com tremores horríveis... por causa do mal de Parkinson e porque tinha pavor de voar. Sentei-me ao lado dele e segurei sua mão durante a maior parte do voo. Recebi uma advertência por ter negligenciado minhas tarefas, mas ele parecia precisar mais da minha companhia do que os outros passageiros precisavam de lanches. — Olho para baixo e lembro do senhor gentil que ajudei naquele dia. Avô de sete netos, estava indo ver a filha e sua família. — Ele gostava de vinho. Disse que tinha melhores resultados do que a cerveja.

Roger parece satisfeito com meu conhecimento sobre o assunto.

— Talvez eu tome uma taça de vinho com você antes da noite acabar.

Eu sorrio.

— Seria ótimo.

Quando me viro, Zack e sua mãe estão olhando para mim com a mesma expressão perplexa.

Procurando por algo além deles para olhar, minha atenção é atraída para a geladeira, onde várias fotos de um menininho estão presas com ímãs.

Algumas são dele criancinha nos braços do pai jovem. Outras são dele brincando em uma piscina, abraçando a avó e lendo para o avô. Está com um enorme sorriso em sua formatura da pré-escola e muito sério em sua foto da liga juvenil, de uniforme e tudo.

O menino tem cabelo castanho e olhos azuis, um sorriso de Gato de Cheshire e um rosto bonito, igual ao de Zack. Ele se parece com Zack porque é seu filho.

— Você já conheceu o Luke? — Sandy pergunta atrás de mim.

Olho para Zack, que para a cerveja no meio do gole e retribui o olhar.

Seu olhar ardente — o que me segura, me conhece e consegue ler minha mente — me fixa com intensidade silenciosa.

É verdade; ele é meu filho, ele me diz silenciosamente. Quando respiro fundo, ele levanta o queixo. *Mas você já sabia disso, especialmente depois de ver a foto dele no meu escritório.*

Eu suspiro, porque ele tem razão.

Soube no segundo em que aquela criança nasceu. Só nunca quis acreditar.

Quando você deixa um homem sem um adeus e não o vê novamente por dez anos, ele está fadado a seguir em frente sem você.

— Jolene ainda não conheceu o Luke — Zack responde por mim.

— Ele é um menino maravilhoso. Joga beisebol, é o melhor no campo. Está no treino de beisebol essa semana, né? — Ela se vira para mim para confirmar. Faço que sim com a cabeça e ela continua: — E ele é muito esperto. Adora todas essas coisas de ciência. Muito impressionante para um menino de oito anos — diz Sandy enquanto mexe as panelas nas quais está cozinhando no fogão. — Você tem planos de conhecê-lo antes de voltar para casa?

Abro a boca para responder, mas Zack me interrompe.

— Não, mãe. A Jo tem planos de ir embora da cidade de novo.

Aperto os lábios, me impedindo de dizer algo de que me arrependerei. Eu realmente tenho planos porque é meu trabalho. Estou cansada de me sentir mal por ter construído uma vida para mim. E daí que escolhi me abster de formar uma família para que pudesse ter mais tempo de qualidade para mim mesma?

Ainda assim...

Olho de volta para as fotos na geladeira.

Saber que Zack tem um filho ainda é atordoante para mim. Não consigo nem manter uma planta viva, imagine a responsabilidade por outro ser humano, especialmente um tão pequeno.

Nesses últimos dez anos, só tive que me preocupar comigo mesma. Podia fazer o que eu quisesse, ir aonde quisesse, estar com quem quisesse. Esse tempo todo, ele estava aqui, criando um filho, ajudando o pai na oficina e construindo um negócio seu.

Nossas vidas são extremos opostos.

Acho que é por isso que fui embora. Queríamos coisas diferentes. Ele teve o que queria e eu tive o que precisava.

Nos sentamos para jantar e Sandy decide falar incessantemente sobre Luke. Sua cor preferida é verde e ele usa pijamas de dinossauro, mas fez todos prometerem não contar para seus amigos. Adora *s'mores* e detesta manteiga de amendoim. Torce para os San Francisco Giants e quer ser arremessador quando crescer.

Eu me pego rindo de algumas histórias e sorrindo quando Roger entra na conversa para dizer como Luke o ajuda a amarrar o cadarço de seus sapatos. Não consigo deixar de sentir o olhar intenso de Zack para mim do outro lado da mesa, observando cada reação enquanto absorvo essa parte tão importante de sua vida.

Depois do jantar, me ofereço para ajudar a limpar a cozinha. Sandy concorda e me deixa lavar toda a louça. Acho que esse é o jeito dela de me fazer pagar minha penitência por ter ido embora. Não me importo. Lavar louça é algo que eu costumava fazer com minha mãe. Por algum motivo, acho que Sandy lembra disso, porque ela fica ao meu lado, limpando os balcões silenciosamente atrás de mim.

Embora eu não possa dizer que a mulher gosta de mim, descubro que ser avó a amaciou um pouco e que seu rancor não parece tão profundo quanto eu pensava.

Roger e eu decidimos tomar aquela taça de vinho até Sandy anunciar que eles estão indo dormir. Isto é, depois de Sandy se certificar de que minha cama está feita no sofá, que aparentemente é o meu lugar.

Zack despareceu há mais ou menos trinta minutos, então, antes de me trocar para dormir, saio à sua procura. Quando chego no quintal, vejo-o sentado próximo à lareira que ele construiu quando estávamos no ensino médio.

Enquanto vou até ele, o fogo estala, e tento não lembrar das noites que passamos aqui, nos braços um do outro, falando de como ficaríamos juntos para sempre.

Em vez de rememorar o passado, arranco o band-aid sobre o presente.

— Então... Luke...

Ele ri para si enquanto dá um gole na cerveja.

— Uau, caindo de cabeça, por que não?

Dou de ombros.

— Já faz vinte e quatro horas, e estamos com essa pergunta que não quer calar.

— Você já sabia.

Não nego.

Ele se inclina para a frente na cadeira, descansando as mãos nos joelhos.

— Você viu a foto dele no meu escritório. Por que não me perguntou?

— Por que você não o mencionou?

— Porque eu não sabia se você ficaria tempo suficiente para se importar. — Ele cerra a mandíbula e olha para o lado como se estivesse irritado consigo mesmo por fazer o comentário. Então se vira, aumentando o tom de voz ao perguntar: — Quando soube dele?

Pensei na linha do tempo de seu nascimento toda vez que Zack passava pela minha cabeça. Era minha força motriz para me manter distante, a única coisa que me dizia que ele já tinha seguido em frente e que eu deveria fazer o mesmo.

— Eu voltei.

Ele me olha com uma expressão confusa.

— Quando sua avó faleceu?

— Também.

Seus ombros relaxam e ele se encosta no assento enquanto olha para o céu estrelado.

— Quando? Não sabia que você esteve aqui.

— Foi melhor assim. Era bem óbvio que você já tinha seguido em frente.

— Não foi bem assim.

— Bom, um menininho de oito anos pode discordar.

— Jolene... — diz ele, sem fôlego.

Engulo em seco minha raiva. Não tenho o direito de culpá-lo. Fui eu quem o deixei. Não sei por que achei que ele estaria aqui, esperando por mim quando estivesse pronta para voltar.

— Eu te esperei. Por um ano, me sentei na varanda e esperei você voltar. Quando estava trabalhando na oficina, olhava para a rua e desejava que aparecesse, mas você nunca veio, Jo. Não me ligou nem escreveu... simplesmente desapareceu. E eu fiquei sofrendo.

Suas palavras cavam um buraco bem no meu coração. Dizem que a verdade dói. É o ditado mais certo que existe.

— Quem é a mãe?

Ele inspira fundo, se preparando para partir meu coração. A última coisa que quero ouvir é sobre ele e outra garota, mas preciso saber. Estive louca para saber todo esse tempo, não importa o quanto dissesse que não me importava. No fundo, eu me importava muito.

— O nome dela é Natalie. Eu a conheci em uma boate em São Francisco. — Minha inspiração é audível, fazendo-o parar e perguntar: — Quer mesmo ouvir?

Fecho os olhos e faço que sim com a cabeça.

— Quero. Desculpe, pode continuar.

— Natalie e eu... foi no ano seguinte ao que você foi embora. Eu estava bem mal. Queria te tirar da cabeça, apesar de você estar bem aqui, em todo lugar.

— Ele balança a cabeça e dá outro gole, soltando um sibilo entre os dentes. — Alguns caras foram para uma boate na cidade. Alugamos um hotel, e o *after party* acabou sendo no nosso quarto. Eu não queria, mas não tinha feito nada a não ser tomar uma cerveja com os amigos. Nada de encontros, de mulheres, de uma risada verdadeira. Eu era um cara de dezenove anos e todos diziam que eu precisava seguir em frente. Fiquei embriagado nesse dia. Foi quando conheci a Natalie. Uma coisa levou à outra e... — Ele não precisa terminar a frase. Meu estômago já está revirando o suficiente. — Ela decidiu ter o bebê, então fiz o que tinha que ser feito. Não ia deixar meu filho morar a uma hora de distância de mim.

— Ela mora em São Francisco?

Ele assente.

— Nascida e criada lá. Ela jamais se mudaria para cá. — Ele me olha. — Soou bem familiar na época.

Eu desvio o olhar, magoada.

— Então você se mudou para lá por ela?

Seu olhar encontra o meu, lendo o comentário que não fiz em voz alta.

Você saiu de Dixon por ela, mas não sairia por mim?

— Me mudei para lá para ficar com meu filho. Natalie estava na faculdade, então eu ficava com o Luke durante o dia enquanto ela estava em aula, e arranjei um emprego à noite, no The Tap Room. Funcionou por alguns anos, mas, como eu disse, não estávamos mesmo juntos de verdade, e por fim ela quis se afastar para que pudesse namorar de novo e seguir com a vida.

— Então vocês simplesmente fizeram isso? Tiveram um filho e o estão criando juntos, simples assim?

Ele dá uma risada sincera.

— Não. Não foi sempre tão fácil assim, nem de longe. Tivemos alguns momentos difíceis, muitas brigas que achei que iriam acabar comigo. Ela me colocou para fora de casa e ameaçou não me deixar ver o Luke durante a semana. Só queria que eu o visse a cada duas semanas. Briguei pelo meu filho na justiça e ganhei a causa. Isso foi há alguns anos. Encontramos nosso ritmo agora. É por isso que eu sabia que minha mãe ficaria tranquila em te ver de novo. Depois de tudo que Natalie nos fez passar, foi como se a dor de você ter ido embora virasse mamão com açúcar.

— Nossa. Muito obrigada.

— Ei, estou só expondo os fatos. — Ele ri para si mesmo. — Mas, no fim das contas, ninguém pode negar que você ter ido embora foi a melhor coisa que me aconteceu.

Eu prendo a respiração.

Ele dá um sorriso amarelo e acrescenta:

— Se você não tivesse ido embora, eu nunca teria tido o Luke.

É uma declaração poderosa. Me faz sentir centenas de coisas diferentes. Não posso focar em nenhuma delas agora.

Ficamos em silêncio novamente até que pergunto:

— Como é ser pai?

Seu rosto se ilumina, e não por causa do fogo lançando uma luz amarelada.

— Luke é um menino incrível. É engraçado, gentil e inteligente. Meus pais não estavam se gabando sem motivo. O garoto é... — Ele sorri olhando para o chão, quase com vergonha de seu orgulho. — Eu o amo muito.

Lágrimas brotam dos meus olhos ao perceber como ele está em paz com sua declaração.

— Isso é incrível, Zack. Fico feliz que você o tenha.

Ele balança a cabeça, concordando.

— Você deveria vê-lo jogar. Já fui técnico do time dele na temporada passada e mal posso esperar para ser de novo.

— Claro que ele é bom. Ele é seu filho.

Sorrio quando penso que o vi jogar futebol americano e beisebol ao longo dos anos. Zack é um atleta nato. Acho que ele poderia ter conseguido uma bolsa na faculdade se não fosse de uma cidade tão pequena, onde seu talento passou despercebido.

— Então você consegue vê-lo com bastante frequência?

— Sempre. Foi por isso que comprei o bar. Durante o ano letivo, vou buscá-lo na escola todos os dias, menos na segunda e na terça, quando estou aqui para ajudar meu pai, e Luke tem alguma programação depois da escola com os amigos. Nos dias em que estou com ele, passamos tempo juntos, fazemos suas tarefas da escola e depois eu o levo para casa. A Natalie trabalha até as oito durante a semana, então dá bem certo.

Seu lindo rosto sorridente traz tantas lembranças que tenho que me virar e acalmar a respiração. Sua mão me alcança, passando os dedos suavemente pelos meus. O toque da sua mão quente na minha, pendendo ao meu lado, percorre meu corpo, aquecendo lugares que estavam congelados há tanto tempo.

Vê-lo na minha frente, aqui em Dixon, em sua casa, só me lembra o quanto significamos um para o outro um dia. Pensei que jamais me sentiria assim novamente, mas as emoções estão reaparecendo e agora não tenho mais certeza.

Ele franze as sobrancelhas, e seus olhos disparam com algo que parece ter passado por sua cabeça. Ele solta a mão e levanta o queixo para mim ao expirar.

Ele fica de pé e eu também fico por instinto, me afastando dele. Vejo o calor em seus olhos enquanto ele me encara com um olhar dominante. Pensei nesse olhar por anos. É muito mais do que desejo. É carnal.

Mas também é o olhar que ele me dava antes de começar uma briga.

— Você fez de novo. — Ele balança a cabeça, e sei que estou encrencada. — Sempre foi boa em fugir do assunto, mas não dessa vez.

— O que foi que eu fiz?

— Não respondeu à minha pergunta. — Seu tom de voz é baixo e acusatório.

Estou a centímetros dele, encarando seus olhos azuis, as olheiras ao redor deles e as centelhas douradas que brilham no fogo. Sinto um aperto no peito e prendo a respiração.

Bato as costas com força contra o tronco de uma árvore e ele me encurrala.

— Você voltou duas vezes. Por que esteve aqui? — pergunta.

Engulo em seco, as emoções profundas e viscerais.

— Vim para o funeral da minha avó.

— Antes disso — ele questiona, e o calor nos seus olhos se acentua. — Por que eu não soube que você esteve aqui?

Posso ver as chamas do fogo refletindo em seus olhos. Parece que estão queimando bem na minha alma. Se vou para o inferno, melhor me livrar de todos os meus segredos.

— Eu estava voando em tempo integral há um ano. Estava cansada. Exausta e... sozinha. Eles tinham me alocado em St. Louis, e tudo ao meu redor estava mudando muito rápido. Achei que tinha tomado a decisão errada. Pensei em pedir demissão, então voltei para cá. Voltei para Dixon, e foi quando soube. Monica me contou que você tinha engravidado uma garota.

— E você foi embora de novo?

Olho para ele e tento acalmar o sentimento daquele dia borbulhando dentro de mim. Saber que ele tinha conhecido outra pessoa e colocado um bebê em sua barriga. Ele estava começando uma família. *Uma família.* Eu tinha perdido a chance.

— Eu fiquei arrasada. — Minha voz sai fraca.

Sua mão vai até o meu rosto. Seu polegar acaricia meu queixo enquanto ele pressiona o peito contra o meu.

— Jo — ele suspira —, você não entende? Eu também fiquei arrasado.

Fecho os olhos e sinto seu fôlego entrecortado em meus lábios. Suas palavras ecoam no meu corpo inteiro.

— O que você diria se não tivesse descoberto sobre o Luke? Você estava aqui para me dizer o quê?

Abro os olhos e meu coração e alma para o único homem que amei.

— Eu estava voltando para você — sussurro e acrescento, falando ainda mais baixo: — Eu te escolhi.

Com essas palavras, sua boca vem até a minha.

Suas mãos seguram meu rosto, firme, enquanto inala minha luxúria por ele. Me jogo nele, querendo cada centímetro seu e desejando lhe dar tudo de mim.

Sua língua sai da boca para se esfregar na minha, e na mesma hora envolvo os braços em seus ombros largos, querendo que me ajudem a me manter de pé.

Seus dedos vão para a minha nuca, intensificando nosso beijo e me deixando ainda mais caída por ele. Não consigo respirar, mas não me importo. Não preciso de oxigênio. Só preciso dos seus lábios, do seu corpo — *dele* inteiro em mim.

Quando seus braços vêm para me pegar, eu ajudo pulando neles, segurando-o mais forte enquanto ele agarra minha bunda e me aperta com mais força contra a árvore.

A aspereza nas minhas costas não é nada comparada à necessidade que sinto desse homem agora. Preciso que ele arranque minhas roupas.

Preciso que me toque como fez ontem à noite.

Mas, acima de tudo, preciso que ele finalmente termine o que começamos menos de vinte quatro horas atrás — ou dez anos atrás.

Tanto tempo passou desde que senti esse homem profundamente no meu coração que não sei como cheguei a funcionar sem ele ali.

Ele se afasta de mim e reclamo com a perda do contato.

Ele me coloca no chão e apoia a testa na minha, inspirando antes de entrelaçar seus dedos com os meus e me levar para dentro da casa.

Depois que ele abre a porta, há um sentimento emocionante, assim como havia anos atrás, quando saíamos escondidos. Por instinto, tiramos os sapatos, mantendo nossos movimentos silenciosos, sem querer que seus pais ouvissem dois pares de pés indo na direção errada pelo corredor.

Seu quarto está escuro, mas minha memória sensorial entra em ação, me levando até a cama contra a parede oposta. Esfregar os dedos na mesma colcha onde eu costumava deitar anos atrás provoca uma sensação esquisita nas minhas entranhas.

Zack pega minhas mãos, prendendo-as nas suas e me trazendo para mais perto dele. Vou com vontade e sou recompensada com um beijo tão intenso que meus joelhos enfraquecem.

Ele me abraça, passando os dedos pelas laterais do meu corpo e tirando minha camiseta por cima da cabeça antes de jogá-la no chão, próximo de mim.

Arrepios percorrem minha espinha quando suas mãos grandes cravam na minha barriga, passando pelas laterais e segurando meus seios no sutiã de renda.

O simples rosnado que escapa de seus lábios me seduz ainda mais e não perco tempo mostrando-lhe o que eu quero. Tiro sua camisa e a deixo cair no chão. Com seu peito nu, passo as mãos pelos músculos fortes e grossos e olho para a obra de arte que ele se tornou.

Com o poste lançando luz pela janela, vejo palavras gravadas em seu peito. Passo o polegar nelas ao ler em voz alta: *Minha família é minha força e minha fraqueza. Por eles eu triunfo e somente por eles eu devo fracassar.*

Nossos olhos se encontram e quero fazer perguntas sobre o significado, mas sei que não é o momento. Em vez disso, abro a fivela do seu cinto e o botão da calça, puxando-a com os dedos até tirá-la.

— Então é assim, né? — ele me provoca por eu estar levando as coisas tão rápido. Faço que sim com a cabeça, puxando-o na cama para ficar em cima de mim.

Ele chuta a calça para fora antes de empurrar seu corpo no meu, me fazendo morder os lábios para não soltar um gemido muito alto.

— Shh — ele sussurra em tom divertido em meu ouvido, e tento não rir.

Há anos não tenho que esconder qualquer parte de mim com relação ao que quero sexualmente.

Ele silencia meu barulho com seus lábios, e eu caio em cheio em sua armadilha, amando as sensações que ele provoca pelo meu corpo com sua língua, seu toque e suas investidas.

Ele está indo devagar, e eu só quero mais.

Começo a tirar a calça e ele me impede. Segurando minhas mãos ao lado dos quadris, ele vai do meu pescoço até meu peito e minha barriga.

Meu corpo se levanta da cama quando ele chega até minha calça. Ele está perto, mas eu o quero mais perto. Sinto seu riso na minha barriga e lhe dou um chute.

— Ai. — Ele ri ainda mais baixo. — Tão impaciente.

— Caso não se lembre, você me deixou toda excitada ontem à noite e depois me deixou na mão — sussurro.

Ele me olha com um enorme sorriso.

— Como eu poderia esquecer?

Finalmente atendendo minhas necessidades, ele puxa a calça das minhas pernas, tirando a calcinha junto. O sorriso que cobre seu rosto quando vê meu corpo me enche de orgulho. Nunca me senti tão sexy na vida.

Mantendo os olhos vidrados nos meus, ele tira meu sutiã, abaixando as alças dos ombros antes de alcançar a parte de trás para desabotoá-lo.

Quando me deito de novo, percebo o quanto estava errada antes. Agora é o momento em que me sinto mais sexy na vida.

Está escuro, mas vejo tudo o que preciso. Ele está tão sedento quanto eu, e sou mais do que sua presa; sou seu prêmio.

Seus lábios colidem com os meus no mesmo frenesi da noite passada. Nossa respiração se intensifica e nosso desejo transborda.

Passo as mãos por suas costas, pela cueca boxer e começo a tirá-la pelos lados. Quando sinto seu pau sair, eu o envolvo com a mão em todo o comprimento, adorando a veia que já conheci tão bem.

Ele prende o fôlego quando passo os dedos pela cabeça do seu pau, sentindo o pré-gozo umedecê-la.

Posiciono-o na minha entrada, cravando os calcanhares na sua bunda, querendo-o dentro de mim. Ele se senta, procurando uma camisinha no bolso da calça, cortando a embalagem com os dentes e desenrolando-a por seu comprimento.

Quando ele entra, minha cabeça cai para trás no travesseiro e minhas costas se arqueiam da cama. Esqueci como ele cabia perfeitamente dentro de mim, mas meu corpo, definitivamente, não.

Incendeio sentindo o calor sobre meu torso. Seus lábios vêm até os meus de novo enquanto ele encontra seu ritmo, tirando e colocando com tanto prazer que quero explodir.

A cada investida, ele inspira meus gemidos, e com cada respiração, ele me leva mais perto do extremo. Já se foram nossas tentativas de mantermos a discrição, e ambos procuramos o clímax de que sentimos falta por tanto tempo. Quanto mais rápido ele vai, com mais força penetra, e eu só quero mais, preciso de mais.

Não me canso dele, e, quando ele tira quase tudo, deixando só a cabeça antes de colocar de volta, quero gritar com a perda do contato por aquele rápido segundo. Nunca quis tanto gozar na vida. Está ali, tão perto. Meu corpo sabe o que está acontecendo, mas é tão intenso que eu mal consigo dar conta.

Não consigo respirar; não consigo focar a visão. Nada mais importa além do que ele está fazendo e de como é incrível.

Ele vai mais devagar e eu oficialmente perco a cabeça. Meus dedos dos pés se contorcem e as mãos agarram o cobertor abaixo de mim enquanto fico o mais parada possível, deixando-o controlar meu corpo como se fosse seu, me levando a uma liberação que nunca imaginei possível.

Mais um, dois, três movimentos e eu explodo. Caio para trás, o corpo inteiro paralisado, enquanto ondas do orgasmo mais intenso correm pelo meu corpo. Eu o abraço apaixonadamente em vibrações que parecem mais fortes do que as ondas do oceano.

Ele agarra meu corpo com mais força, tirando e colocando, e em meros segundos, transborda em seu próprio clímax, grunhindo seu orgasmo na minha boca em uma tentativa final de silenciar nosso encontro.

Assim que conseguimos recuperar o fôlego, ele se levanta, me beijando mais suavemente, entrando e saindo devagar, ainda sem estar pronto para terminar nosso momento.

Quando ele tira completamente, me vira de lado, me envolvendo com seus braços e se aconchegando em mim. Minha mente é uma bagunça confusa pós-orgasmo, e eu a deixo assumir o controle.

Sei que, daqui a dois dias, minha vida voltará para o céu e a dele voltará para o bar e o filho. Nosso passado não era a única coisa que nos mantinha distantes. Enquanto não temos um futuro, tento fechar os olhos e ficar no presente.

Porque o que quer que aconteça depois está... no ar.

CAPÍTULO 10

Jolene

— Você vai ficar aí parada o dia todo ou vai ajudar? — pergunta Zack, inclinando a cabeça e me desafiando a pegar uma chave inglesa.

Eu vacilo de onde estava só olhando. Vê-lo trabalhar em uma oficina mecânica em uma tarde quente é mais do que sexy. Sua camiseta está ajustada na pele, mostrando seu peito e a definição de seu abdômen da forma mais perfeita. Suas tatuagens despontam da bainha da camiseta branca, parecendo as de um cara durão, e isso me deixando excitada.

Por mais que eu adorasse que ele fizesse coisas obscenas comigo, estou bem ciente de que estamos na oficina do seu pai com quatro empregados por perto.

Eu limpo a garganta.

— Você realmente acha que me lembro de como se usa esse negócio?

Ele sorri, e juro que senti um frio na barriga com as lembranças dele fazendo aquela mesma expressão ontem à noite, depois de me fazer gozar.

Sustentando meu olhar, ele vai e liga o aparelho de som que ainda fica no balcão. O rádio ganha vida, tocando uma música *country* que eu não ouvia há anos.

Zack vem até mim, cantando cada palavra de *Save a Horse (Ride A Cowboy)*, de Big & Rich. *"I'm a thoroughbred, that's what she said."*[2]

Eu o empurro, rindo da palhaçada.

— Dança comigo? — Ele bate os quadris nos meus. Balanço a cabeça e cruzo os braços em protesto.

---

2   O título significa "Salve um cavalo (Monte um caubói)". E a letra, "Sou um puro-sangue, foi o que ela disse". (N. E.)

Ele se inclina para sussurrar:

— Você já me cavalgou ontem; o mínimo que pode fazer é dançar comigo.

Inclino a cabeça de lado e aperto os olhos para ele.

— Você não é nenhum caubói nem um John Wayne, como a canção sugere.

— E você não é como as outras garotas. Dance ou me deixe te mostrar como usar isso. — Ele me dá a chave inglesa e eu acabo cedendo, pegando-a dele.

Aponto para o seu rosto.

— Então, nada de cantar.

Ele aperta os dentes contra o lábio inferior.

— Tudo bem, nada de cantar.

Reviro os olhos e empurro a palma da mão contra seu peito. Costumávamos passar bastante tempo fazendo só isso. Ele trabalhando nos carros, cantando com o rádio, enquanto eu me sentava e observava.

Me inclino no Subaru no qual ele está trabalhando enquanto me mostra como substituir as velas. Quando uso a chave inglesa para remover a antiga vela de sua posição, ele coloca fita nos fios e dá um tapa na minha bunda.

Quando ele termina a substituição e me fala para apertar as velas um oitavo de volta depois de serem rosqueadas à mão, percebo que me perdi e descubro que preferia comê-lo com os olhos enquanto ele trabalha a sujar minhas mãos e possivelmente estragar o veículo de alguém.

Há um brilhante carro preto na vaga ao lado do Subaru. Eu o sigo até ele, observando-o enquanto ele se inclina na parte dianteira de um carro belíssimo.

— De quem é esse carro? — pergunto, passando os dedos pela tinta lisa da parte dianteira. Um carro como esse chamaria muita atenção em Dixon. — É lindo.

— Para uma garota sem carro, você tem bom gosto — ele provoca. Dou um tapinha no seu braço divertidamente antes de ele responder. — Esse é um Camaro 69. É de um cara que conheci em São Francisco. Um chefão na Sexton Media que não quer que ninguém na cidade saiba que o carro é dele, então o confia a mim e a Joey, um dos nossos mecânicos.

— Escondendo carros para os Sexton? Eles são a realeza da Costa Oeste. É como eu dizer que estou escondendo um cadáver para os Kennedy. — Balanço a cabeça devagar enquanto absorvo a informação. — Parece perigoso.

Ele dá de ombros.

— Depende de para que o carro está sendo usado.

Mordo o lábio, intrigada.

— Bem, hipoteticamente, por que alguém iria querer esconder um carro como esse?

Levantando o queixo, ele fala com o canto da boca:

— Hipoteticamente... — ele arqueia as sobrancelhas para me fazer entender que ele vai se ater ao estritamente necessário — ... por causa dos rachas.

Eu estaria mentido se dissesse que não estava completamente intrigada.

— Você participa de rachas?

— Já participei.

— Sério?

Ele passa o polegar no lábio e diz:

— Já fiz algumas loucuras tentando te tirar da cabeça.

Incho o peito, angustiada, pensando em como ele deveria estar fora de si para apostar corrida.

Zack volta para o Subaru. Sua cabeça está abaixada perto do motor, e eu fico lá, mordendo o polegar. Ele se vira para mim e arqueio as sobrancelhas para que entenda que preciso saber mais.

Ele se levanta e limpa as mãos com um pano pendurado no bolso da calça.

— Participo de rachas duas vezes por ano. Uso capacete e sou cuidadoso. Não faria nada para pôr a minha vida, a do meu filho ou o meu bar em risco. — Um sorriso ilumina seu rosto, e eu aperto os olhos, confusa. — É bonitinho te ver tão preocupada comigo. — Ele beija meu nariz e me dá uma piscadela.

Olho para o lado e sorrio para mim mesma. Esse convencido...

— Então, como você conheceu os Sexton? — pergunto.

— Austin Sexton vai para o The Tap Room quando tenta fugir um pouco da vida extravagante — ele responde debaixo do capô.

— Sério?

Ele assente.

— Sim. Ficamos bem amigos. Ele até conseguiu que a Sexton Media patrocinasse a Liga Juvenil do Luke.

— Então... esse empresário tem um lado perigoso. Como ele consegue chegar até aqui sem ninguém na cidade saber?

— Ele manda um reboque trazê-lo aqui. Nada de mais.

Dou de ombros, brincando com o que está dizendo.

— Sim, nada de mais.

Ele aperta os olhos e franze os lábios.

— Promete que não vai dizer nada?

Faço que sim com a cabeça, entendendo que Zack me falar seus segredos é uma honra que vale a pena ter.

— É legal que você tenha trazido mais trabalho para a loja do seu pai, então. — Eu me inclino para ver no que ele está trabalhando.

— Sim. Austin tem muitos carros; é difícil acompanhar. É bem legal trabalhar em algo além da caminhonete Toyota ou do Honda Pilot.

— Imagino. O que isso faz? — Aponto para um tubo cromado que sai do motor.

Zack sorri ao exibir seu conhecimento de como o motor do carro trabalha com os cabeçotes e cilindros e tudo o mais. Esse carro tem uma máquina diferente de tudo que já vi, e a animação de Zack com ele é palpável.

— Aqui. — Ele me entrega uma ferramenta e aponta para algo dentro do motor. — Você vê aquela peça em forma de nó ali?

Eu confirmo.

— Coloque a chave ao redor dela e torça até ela sair.

— E depois?

— Depois tome cuidado para não a deixar cair, ou ela vai entrar no motor e arruiná-lo.

Inspiro fundo e me levanto, apertando a ferramenta no peito.

Ele ri.

— Brincadeira. Se cair, tudo bem. Você só vai ter que ir para debaixo do carro pegá-la.

Lanço um olhar brincalhão para ele e fico na ponta dos pés para olhar melhor o que vou fazer.

Ele dá um passo para trás e eu paro.

— Você tá secando minha bunda?

Ele solta uma gargalhada gostosa. Fazendo que sim com a cabeça, ele diz:

— Não.

Rio baixinho quando ele me olha com uma expressão séria.

— Você chegou a aprender a dirigir um carro de câmbio manual como disse que iria?

Inclino a cabeça e faço uma expressão de "até parece" com os olhos semicerrados.

— Qual parte de "eu moro em Nova York" você não entendeu? Nunca mais dirigi um carro desde que saí daqui. Imagine um de câmbio manual.

Ele coloca o pano na mesa ao seu lado.

— Então vamos. — Então grita para o pai, que está no escritório, conversando com um cliente: — Pai, voltamos já.

Zack arqueia as sobrancelhas com um sorriso arrogante enquanto eu balanço a cabeça, perguntando:

— Vamos para onde?

— Você prometeu que ia aprender a dirigir um carro de câmbio manual.

Dou um passo para trás e levanto as mãos, uma ainda segurando a ferramenta entre os dedos.

— Ah, não. De novo não.

Ele me envolve nos braços, praticamente me tirando da loja e me levando para uma caminhonete parada ao lado. Só vê-la me faz tremer nas bases.

— Você não... — Eu inspiro fundo, vendo a caminhonete que era nossa fuga da vida.

A mesma em que ele me levou ao nosso primeiro encontro, a mesma onde disse que me amava e a mesma onde perdemos nossa virgindade juntos.

— Como essa lata velha ainda anda? — pergunto ao entrar na caminhonete Chevrolet 76 Stepside.

Ele abre a porta, e o cheiro que me cumprimentava todos os dias, anos atrás, enche meus sentidos. A caminhonete não mudou nada. Os assentos ainda têm o mesmo tecido parecido com lã, o que aquece meu coração.

Lembranças dele pegando minhas mãos e colocando-as acima da cabeça, me fazendo segurar o assento enquanto ele assumia o controle do meu corpo, passam pela minha mente. Tivemos alguns momentos incríveis nessa caminhonete, mas alguns horríveis também.

A última vez que falei com ele antes de ir embora foi nessa caminhonete. Foi aqui que ele me disse que precisaria ficar pelo pai dele, e decidi que, se não fosse embora naquela noite, eu enlouqueceria. Eu precisava ir, e se ele não entendesse isso, então teria que abandoná-lo também.

Pensei naquela noite muitas vezes. Saber que era a última vez que eu estaria na sua caminhonete, ficaria ao seu lado e beijaria seus lábios era doloroso, mas ainda pior era saber que ele não tinha ideia de que eu estava indo embora.

Me odiei por ter feito isso com ele, mas não tive escolha.

Ver a caminhonete agora traz de volta todas as dúvidas que tive naquela noite. Pelo menos uma coisa que pensei naquela noite não aconteceu.

Não foi a última vez que o vi.

Me sento no banco e, em vez de fechar a porta, ele dá uma batidinha na minha coxa com as costas da mão, fazendo um gesto para eu me afastar.

Me viro para ele com medo.

— Não posso tirar o carro daqui. Se quer mesmo que eu faça isso, pelo menos nos leve para uma estrada de terra, para que eu não bata em nada.

Ele ri, concordando. Fecha a porta e vai para o lado do motorista. Dá partida no motor, e o barulho que ele faz ao ganhar vida também aciona minhas lembranças. O dia em que ele tirou a carteira de motorista foi uma grande comemoração para nós. Ele me levou até Putah Creek e subimos até um lugar onde podíamos ficar sozinhos e nos deitar nos braços um do outro o dia inteiro. Naquele momento, não tínhamos feito sexo ainda, e lembro do frio na barriga quando nos perguntávamos se estávamos prontos.

Zack dá marcha à ré e depois faz a volta, tirando o enorme pedaço de aço do lugar pela viela atrás da oficina, e depois sai pela rua.

Abaixo o vidro com a manivela e descanso o cotovelo no metal. Observo a cidadezinha passar, e parece que tenho dezessete anos de novo, tentando resolver minha vida e o que vou fazer.

Olho para Zack, tirando os cabelos do rosto enquanto me viro em sua direção, e meus cabelos voam em resposta.

Ele chega a uma estrada de terra e estaciona a caminhonete.

— Ok, você lembra de alguma coisa que te ensinei?

Ele aponta para o pedal extra no piso do carro.

— Essa é a embreagem. Você tem que pisar nela sempre que trocar de marcha.

Balanço a cabeça, concordando.

— O difícil é equilibrar a embreagem e o acelerador. Certifique-se de soltar a embreagem enquanto coloca o pé no acelerador ao mesmo tempo. — Ele demonstra com as mãos, fingindo que são seus pés, para eu entender o que fazer.

Concordo mais uma vez e o cutuco para sair do carro, para que eu possa ir para o assento do motorista.

Em vez de sair da caminhonete e andar até o outro lado, ele agarra minha cintura e me coloca no seu colo, me fazendo deslizar por cima dele. Quando estou bem em cima dele, ele para, colocando as mãos na minha bunda e sussurrando no meu ouvido:

— Não pense demais. Se deixe levar. No fim, as coisas vão se acertar e você vai estar avançando.

Suas palavras parecem significar muito mais do que algo relacionado a dirigir um carro de câmbio manual, mas provavelmente minha mente de garota entendeu muito além do que foi dito.

Me curvo e dou um beijo suave em seus lábios antes de sair de cima dele. Escuto-o gemer baixinho ao se afastar para o lado do passageiro.

Vou para trás do volante e o seguro entre os dedos, mentalizando para me deixar levar e relembrando das instruções.

— Solte o freio de mão ali. — Ele aponta para a alavanca. — E certifique-se de manter seu pé no freio porque a caminhonete está em ponto morto. Quando estiver pronta, coloque o pé na embreagem e passe para a primeira marcha.

Mordo a parte de dentro da bochecha, fazendo o que ele disse, tentando não tremer de nervoso ao pôr o pé na embreagem. Coloco a mão no câmbio e, quando o carro está em marcha, posiciono lentamente o pé no acelerador, soltando a embreagem ao mesmo tempo.

A caminhonete inteira dá um solavanco e parece que está querendo me jogar no volante antes de morrer completamente. Olho para Zack, querendo ter certeza de que não está rindo.

Ele sorri e se inclina para a frente, dando partida de novo, fazendo um gesto para eu colocar o pé na embreagem.

— É como a primeira vez que transamos. Se ficar tirando o pé da embreagem, o carro vai morrer.

— Isso não faz sentido.

Ele ri.

— Se você fosse um cara de dezesseis anos, com certeza teria pegado a referência. Agora sinta o carro. Ele reclama e você sente nas palmas das mãos. Escute-o. Ele vai pedir pela próxima marcha. Quando for para a próxima, escute com o seu corpo. Sinta-o ronronar de volta e faça de novo.

Eu piso no acelerador e tiro o pé da embreagem. O carro balança, se move por alguns metros e morre de novo.

Zack não vacila ao se inclinar e dar partida mais uma vez. Sua atitude me diz que faremos isso até eu acertar.

E fazemos. Tentamos de novo.

Dessa vez, o carro anda por mais alguns metros antes de morrer.

Na quarta tentativa, engato a primeira e perco o momento em que deveria mudar para a segunda.

De novo e de novo, Zack se mostra paciente enquanto me preocupo com a transmissão do carro. Sei que não vai me deixar desistir até eu acertar. A maneira calma como ele não vacila a cada estancada do veículo ou a cada vez que tiro o pé da embreagem no tempo errado me dá o desejo de continuar.

E eu continuo. Com as mãos no volante, respiro fundo e sinto tudo enquanto viro a chave da ignição. É uma vibração lenta, latente. Solto a embreagem e coloco o pé no acelerador.

Nós andamos.

Com jeitinho, eu vou mais rápido. Ao fazer isso, um barulho vem de dentro; fica mais alto, então mudo de marcha, trocando a embreagem pelo acelerador. O carro fica silencioso por alguns minutos e depois ganha vida de novo.

Nos movemos rapidamente pelo espaço vazio, até rindo um pouco do fato de eu ter conseguido. Estou dirigindo um carro de câmbio manual.

Não é um avião ou nada que exija um diploma. É uma tarefa simples, realizada por milhões de pessoas todos os dias.

Mas essa pequena proeza faz eu me sentir bem. Ao dirigir mais rápido, sinto a caminhonete gritar agora, implorando para ser levada para o próximo nível. Então dou o que ela quer. Há aquela estancada silenciosa de novo e depois lá estamos nós, saindo pelo campo aberto, nos movendo além dos solavancos estagnados e das manobras fora de hora.

Talvez seja o que acontece com todos nós.

Há um chamado gentil de dentro, implorando para ser liberado. Com cada passo, estancamos e partimos. E, quando partimos, é glorioso.

Olho para Zack, que está com uma das mãos nas costas do meu assento e a outra no joelho. Seu sorriso largo para mim demonstra orgulho.

Com jeitinho, ele me ajuda a levar a caminhonete de volta para uma velocidade mais baixa. Quando chego ao acostamento da estrada de terra, no meio das salsolas e de um céu brilhante e ensolarado da Califórnia, estaciono o carro e olho para ele.

Ele é tão lindo. Pele bronzeada com um maxilar tão másculo. Cabelos escuros e aqueles olhos que me deixam fraca. Não apenas pelo rosto lindo que ele tem. É o que tem dentro. As facetas do garoto que ele foi e que o fazem o homem que é hoje.

Esse é o Zack de que me lembro. O cara que nunca desistiu de mim, que ficou do meu lado até eu acertar.

E então eu o deixei, no meu aniversário de dezoito anos. Fui embora sem uma palavra quando ele mais precisava de mim.

Eu sou um ser humano horrível.

Me viro para ele, precisando tirar as palavras do peito.

— Eu sinto muito.

Ele inspira e arqueia as sobrancelhas, sem esconder sua surpresa com o que acabou de sair da minha boca.

Desligo o carro, puxando o freio de mão para encará-lo plenamente enquanto peço perdão.

— Você não merecia o que fiz com você. — Olho para baixo, envergonhada.

Ele coloca o dedo no meu queixo e o levanta para me olhar nos olhos.

— Você vai finalmente me contar o porquê?

Faço que sim com a cabeça, enxugando as lágrimas.

— Tenho um pesadelo recorrente. Algo terrível está acontecendo, mas não posso me mexer. Meus pés estão presos ao chão e, se tento levantá-los, é como se pesassem uma tonelada. Tento jogar meu peso para a frente, mas o movimento é muito lento e o tempo está se esgotando. É como eu me sentia. O mundo inteiro ao meu redor parecia mudar sem o meu controle. Eu não tinha voz nenhuma e isso estava me matando.

Sua mão vai até a minha, segurando-a com força.

Solto um suspiro entrecortado, fechando os olhos e lembrando da noite em que tudo mudou, com apenas Zack e eu no palheiro do celeiro do meu pai.

— Em um momento, estávamos fazendo amor em um celeiro e, no seguinte, as luzes apareceram e era como se eu já soubesse o que significam. Sabia que o xerife não viria com nada de bom para dizer. Quando chegamos ao local onde o carro deles foi esmagado, seus corpos sendo levados em macas, senti meu ser inteiro flutuar. Posso te dizer como era estar ao seu lado naquele lugar, nos seus braços, com as lágrimas escorrendo pelo rosto e minhas mãos te agarrando com tanta força, rezando para ser tudo mentira. Lembro disso porque eu estava fora do corpo, assistindo a tudo.

"Tudo que aconteceu, o funeral e me mudar para a casa dos seus pais enquanto pensávamos no que ia acontecer... era tudo um borrão. Uma vida em que eu andava de olhos vendados. Eu não queria ver nada. Perdi meus pais e, sem eles, não havia ninguém para cuidar da vovó. Ela foi para um asilo sem o meu consentimento, mas não adiantava. Não sabia mais quem eu era; ficava falando comigo como se eu fosse minha mãe e aquilo me doía demais. Meu mundo inteiro, as três pessoas que me criaram, desapareceram em questão de minutos. Foi demais, até que não consegui suportar."

— Você tinha a mim.

Esfrego os olhos, tentando pensar em como lhe dizer que ele não era o suficiente sem partir seu coração de novo.

— Eu precisava sair de Dixon. Precisava fugir dos lembretes de tudo o que perdi aqui. Não podia ir a lugar algum sem as pessoas me perguntarem sobre minha avó ou lembrarem dos meus pais. A fazenda foi vendida para pagar as despesas da vovó no asilo. Minhas coisas foram vendidas em um leilão imobiliário. Tudo o que eu tinha eram as lembranças que essa cidade me deu e nem todas eram boas. Consegue imaginar como é passar todos os dias da sua vida pelo mesmo lugar em que seus pais morreram?

Ele balança a cabeça, seus olhos azuis grandes e opacos enquanto absorve minhas palavras.

— Não queria te deixar, mas ficar aqui estava me matando por dentro. Não podia aguentar mais um segundo. Precisava ir a um lugar onde ninguém soubesse quem eu era ou sobre o meu passado. Precisava viver minha vida sem que qualquer pessoa com quem eu cruzasse na rua soubesse da minha situação e mostrasse no rosto quanta pena sentia de mim.

Ele chega mais perto e me toma em seus braços enquanto uma lágrima escorre pelo meu rosto.

— As pessoas só te olhavam assim porque amavam seus pais. Amavam você — diz ele. Baixando os olhos azuis para encontrar os meus, ele declara: — Eu amava você.

— Não o suficiente para ir embora comigo — falo e levanto a mão, impedindo-o de apresentar suas razões. — Você tinha suas prioridades e elas eram a coisa certa para você. Naquela época, eu não conseguia pensar em mais ninguém além de mim. Fiz dezoito anos e parti. Fui egoísta. Não te dei nenhuma explicação. Sabia que nunca conseguiria te deixar se não fizesse daquela maneira. Foi errado, eu sei, mas era a única coisa que eu conseguia pensar além de cometer suicídio, o que passou mais pela minha cabeça do que eu já tenha admitido para qualquer pessoa antes.

Minha confissão o deixa sem fôlego.

Ele passa as mãos no cabelo e puxa as pontas.

— Por que não me disse que era tão sério?

— Eu sabia que você estava lidando com as questões com seu pai. Eu não poderia ficar com raiva de você por não querer deixá-lo. Entendia completamente, mas aquilo não mudava a maneira como eu estava me sentindo. Sei que você me odiou. Eu me odiei, mas estava desesperada. Por favor, entenda.

Ele me levanta, me trazendo para seu colo e segurando meu rosto com ambas as mãos.

— Eu era só um garoto. Eu não tinha ideia do que fazer com a sua dor.

Ele enxuga uma lágrima com o polegar.

— Eu não soube lidar com a dor. Para ser sincera, eu ainda estou sofrendo.

— Entendo agora. — Ele para, me olhando nos olhos e balançando a cabeça devagar. — Queria que você tivesse conversado comigo, mas entendo. Éramos jovens. Tinha muita coisa acontecendo e eu sabia que você estava passando por um momento difícil.

Mordo o lábio e ele o tira dos meus dentes com o outro polegar antes de se inclinar para me beijar, mandando minhas preocupações embora. Mais lágrimas enchem meus olhos enquanto ele me mostra perdão com seu toque, seus lábios e seu corpo.

Agarro a bainha de sua camisa e a tiro do seu corpo, passando as mãos pelo seu peito firme. Enquanto nossos lábios se unem novamente, nossas roupas são rapidamente descartadas.

Fico por cima dele e me encaixo em seu corpo, deixando-o me preencher. Sinto aquele ronronar vindo lá de dentro, pedindo mais, para ir mais rápido, para dirigir até o limite.

Ele segura meus quadris e escuta o som do meu corpo, me dando o que preciso.

O carro fica embaçado, e o mundo exterior vira um borrão enquanto colidimos um com o outro no banco da frente de uma caminhonete em um campo no meio do nada.

Me rendo completamente, querendo que essa lembrança me inunde o máximo possível antes que eu volte para a minha realidade.

ESCALA PARA O AMOR

CAPÍTULO 11

Zack

Algo aconteceu com Jolene hoje. Não tenho certeza do que foi, mas, quando ela disse que Lindsey queria que nós fôssemos, não fiz nenhuma pergunta. Tomamos banho e nos trocamos, os dois de botas e jeans, e saímos. Ir para o Bud's vai ser como um reencontro do ensino médio e não sei se isso é bom ou ruim.

Quando entramos no bar no centro de Dixon, percebo que é um pouco dos dois. Não acontece imediatamente, mas, quanto mais adentramos no bar, mais cabeças se viram e todos olham.

— O que está acontecendo? — Jolene pergunta, se inclinando para mim.

— A filha pródiga à casa torna — sussurro em seu ouvido. — Você está bem?

Seus olhos dançam em volta das pessoas que não vê há anos, enfileiradas no balcão do bar e nas mesas, olhando para ela com uma mistura de curiosidade e surpresa — e, claro, algumas não estão nem aí.

Ela arqueia as sobrancelhas e avalia a situação.

— Está a mesma coisa de quando fui embora. A diferença é que agora estamos em um lugar fechado em vez de um campo aberto com luzes de quermesse e um barril de cerveja como nossa única opção de bebida alcoólica.

— Você veio! — Lindsey grita ao abraçar Jolene.

É o tipo de abraço que faz ela cair um pouco para trás, pois Lindsey usa toda a sua força no gesto. Caras nunca fazem isso.

Jolene deve estar gostando porque está sorrindo de orelha a orelha e, porra, ela está muito linda. Passou a maior parte do tempo de cara feia nas últimas quarenta e oito horas, e ver seus lábios cheios se esticarem pelas maçãs do rosto faz meu coração parar.

Ela anda pelo salão com Lindsey, dando um "oi" para as pessoas que não vê há anos. Enquanto isso, vou ao bar e peço duas cervejas. Com minha Bud gelada na mão, me apoio no balcão e observo minha garota.

Chris e Bryan — dois caras do meu antigo time de futebol americano, de quem continuei próximo — estão conversando com ela. Ela dá um passo para trás e ri de algo que foi dito. Outro velho amigo aparece e as garotas dão gritinhos ao se verem novamente depois de tanto tempo.

Ela parece bem aqui. Saudável, radiante. Como se estivesse de volta ao lar.

Kelly, uma garçonete daqui e velha amiga, aparece do meu lado e provoca:

— Você sabe que ela só veio correndo até aqui para partir seu coração de novo, né?

Olho para Kelly, que está olhando para Jolene como se fosse esfaqueá-la.

— Oi, Kelly. Bom te ver de novo — falo sarcasticamente.

Ela tem boas intenções, mas um jeito muito direto de demostrar.

— Não gosto dela.

— Você também não gostava da Natalie — respondo, franzindo as sobrancelhas.

Ela balança a cabeça e faz uma careta.

— Ela é muito volúvel.

— Isso foi um trocadilho? — brinco, mas ela não parece se importar com minha piada.

Em vez disso, faz uma careta ainda mais feia.

— Por que está tão feliz? Você não fica assim há anos.

— Não é verdade. Eu sorrio o tempo todo com meu filho.

— Sim, mas você não vem para o bar com uma mulher em noites de dança em linha. E com certeza não faz piadas com trocadilhos. — Kelly apoia um cotovelo no balcão do bar e me encara completamente. — Só estou dizendo para tomar cuidado. Eu... me importo com você.

Me inclino para trás, despistando sua preocupação.

— Não é o que você pensa. O que aconteceu entre mim e Jolene está no passado.

— Não estou falando do passado. Estou falando de agora.

Eu seria um completo idiota se não soubesse que ainda há muitas coisas que precisam ser esclarecidas entre mim e Jolene. Uma boa foda e... porra, nem mesmo sei o que havia no carro enquanto fazíamos. Foi mais do que sexo. Foi poderoso. E como não consigo ver para onde essa coisa entre nós está indo?

Levo a cerveja de Jolene e vou até onde ela está como o centro das atenções do seu velho grupinho de Dixon. Já falei que ela estava linda? Eu menti. Ela é a sensualidade personificada.

Pernas compridas em sua calça *skinny*, botas de cano alto e uma camiseta ajustada no corpo que mostra aquele corpo de violão. Esta noite ela está de cabelo solto, cheio e ondulado, caindo pelos ombros. Tenho que dar um gole na minha cerveja gelada para acalmar meu desejo de correr até ela e beijá-la de novo.

— Qual seu lugar preferido entre os que já foi? — Bryan pergunta da cadeira.

— Itália — ela responde facilmente. — Eu amo a Itália.

Lindsey dá um pulo.

— Qual cidade?

Os dentes de Jolene deslizam pela boca enquanto ela olha para baixo e sorri.

— Sorrento. Todas da Costa Amalfitana, na verdade. Tem umas cidades lindas construídas à beira de penhascos. Mais ou menos como Laguna Beach, no sul da Califórnia, mas a arquitetura das casas antigas de estuque e telhados de terracota é linda. E os limoeiros são deslumbrantes.

— É para lá que eu quero ir na minha lua de mel — choraminga Lindsey, e olha para o noivo, Chris.

Ele ri e esfrega o polegar e o indicador, fazendo o sinal universal de que *isso vai custar muito dinheiro.*

Bryan inclina sua bebida para mim.

— Talvez você possa levar Zack lá.

Jolene agora me percebe parado lá. Seus olhos encontram os meus, seus ombros relaxam, e ela dá um sorriso enorme ao me ver, como se não tivesse me visto dez minutos atrás.

Eu lhe entrego a cerveja. Ela brinda comigo e dá um gole.

— Você já saiu da Califórnia? — ela me pergunta.

Faço que sim com a cabeça.

— Só cheguei até Nevada. Fui a Las Vegas para uma despedida de solteiro...

— Foram bons momentos... — Chris diz de um jeito melódico, o que faz Lindsey lhe dar um tapa atrás da cabeça.

— Esqueci de te perguntar por que você estava no aeroporto — diz Jolene, e levo um momento para entender do que ela está falando.

Tantas coisas aconteceram em dois dias que eu já tinha esquecido que a reencontrei em um Uber, voltando do aeroporto.

Inclino a cabeça, levantando minha cerveja para Chris.

— Acabei de dizer, fui a Las Vegas, uma despedida de solteiro. Um dos caras da loja do meu pai. Eles saíram de Sacramento.

— É sério que essa foi a primeira vez que você saiu do estado? — Ela está aparentemente chocada.

Dou de ombros enquanto Bryan diz:

— Esse cara é muito ocupado para conhecer o mundo.

Ele tem razão. Entre Luke, o bar e meu pai, meus pés estão fincados no norte da Califórnia até segunda ordem. Coloco a mão na nuca de Bryan e falo:

— Eu vivo indiretamente através desse cara. Ele é da Força Aérea.

Bryan levanta o pulso para um cumprimento e eu retribuo. Ele se vira para Jolene e conta:

— Tentei ficar lotado aqui em Travis, mas me enviaram para Spokane. Saí de lá há dois anos. Agora estou trabalhando como mecânico dos aviões do Aeroporto de Sacramento.

Jolene se inclina para a frente, claramente animada de ter algo em comum com alguém de Dixon.

— Para onde você chegou a viajar?

— A Espanha provavelmente foi meu lugar preferido. — Ele assente, com um sorriso no rosto.

Os dois sorriem um para o outro, como se estivessem revivendo as mesmas boas memórias. Começam a falar de uma série de cidades, lugares onde ambos estiveram e partilham histórias. Quando começam a falar de alguma praia no sul da França, percebo que é algo que Jolene e eu nunca teremos em comum. Ela já esteve no mundo todo e eu nunca saí da Costa Oeste dos Estados Unidos.

Na mesa ao lado, Kelly está servindo bebidas. Ela olha para mim, dando de ombros, e lança olhares de ódio para Jolene.

Apesar de sua atitude ser injustificável, algo que ela disse no balcão do bar ressoou em mim.

O passado não é o problema. É o presente.

Up All Night, de Jon Pardi, começa a tocar na caixa de som e o bar inteiro fica de pé. O DJ no canto aumenta o volume e todos vão para a pista de dança.

Coloco minha cerveja na mesa e alcanço a de Jolene, colocando-a junto da minha.

Quando ela me olha com um bico, pego sua mão e explico:

— É tradição. Você tem que prestar homenagem ao homem de Dixon se essa canção toca.

— Não.

Ela recua, mas agarro sua cintura e a trago para mim.

— A garota pode sair de Dixon, mas Dixon não sai da garota.

Ela revira os olhos e se deixa levar como se estivesse se rendendo ao meu pedido.

— Admito que, quando soube que alguém de Dixon fez sucesso na indústria musical, fiquei surpresa — diz ela.

— Apesar de saber que música *country* é algo bem óbvio, vindo dessa cidade pequena.

Pego sua mão e a levo para a minúscula pista de dança. A música é um pouco mais rápida, com uma batida cativante, fácil de dançar.

Coloco as mãos nos seus quadris e trago seu corpo para o meu, nos guiando em um balanço no ritmo da música. Jolene ergue os braços acima da cabeça e se inclina para trás com um brilho rebelde no olhar.

Nossas testas se tocam enquanto todos cantam a plenos pulmões: *"Gettin' down to some up all night!"*.

Nós dois rimos quando eu a giro nos meus braços, trazendo-a de volta para mim e a segurando firme enquanto continuamos a dançar e a rir e sermos só nós dois. Ela encontra Lindsey e as duas dançam ao lado uma da outra; eu fico atrás dela, me mexendo e olhando para seus trejeitos hipnotizantes.

A música muda para uma mais lenta e, em vez de voltarmos para nossos lugares, pego sua mão e a faço dar uma volta para que fique colada em mim. Ela não resiste. Só descansa a cabeça no meu peito e se segura em mim. Nos movemos juntos ao ritmo da música sobre duas pessoas apaixonadas, mas muito teimosas para deixar o outro entrar.

Tê-la nos meus braços é tão bom... bom demais. Mantenho o ritmo enquanto nos perdemos nesse momento.

Eu me afasto e ela olha para mim por instinto. Aqueles belos olhos castanhos, tão grandes e brilhantes, me observam de suas pálpebras caídas e cílios longos, que tremulam quando encosto a testa na dela.

Jolene levanta a mão para o meu rosto e passa os dedos macios pela barba por fazer no meu queixo. Seu polegar desliza pelos meus lábios. Eu o levo até minha boca e o beijo.

O olhar dela é de pura intimidade.

Tento ignorar as sirenes tocando na minha cabeça, me avisando que não deveríamos fazer isso. Nossas vidas são completamente opostas e só vamos nos machucar de novo.

Tento parar, mas fico sem forças quando estou com ela. Quando ela se estica na ponta dos pés, não perco tempo em reclamar o que é meu.

Minha pegada é forte quando colo minha boca na sua, marcando-a com meu beijo. É lento e apaixonado; picante e sexy.

Ela solta um gemido suave e eu engulo em seco, pensando que vou me agarrar àquele som pelo resto da vida.

— Jolene — digo ao afastar meus lábios dos dela.

Seus olhos ainda estão fechados e seus lábios, franzidos.

— Sim?

Espero ela abrir os olhos antes de falar. Quando abrem, não consigo deixar de sorrir da maneira como ela franze a testa, se perguntando o que é tão importante para interromper nosso momento.

— Quero que você conheça meu filho.

Seus olhos se arregalam. Um brilho de surpresa se forma neles.

— Sério?

— Isto é, se você quiser conhecê-lo.

Seus braços envolvem meu pescoço e ela brinca com as pontas dos meus cabelos, dando um sorriso largo:

— Eu adoraria.

Meu coração está batendo mil vezes por minuto. Não sei se é a coisa certa a fazer, mas, porra, ela me deixa absolutamente louco no melhor sentido possível.

Eu a beijo de novo porque, foda-se, eu posso.

Ficamos na pista de dança, nos beijando como se ninguém mais estivesse olhando. Só depois de a música acabar eu me afasto. Mantendo a mão na dela, eu a levo de volta para a mesa, onde todos estão tentando não olhar em nossa direção, mas vejo o que está escrito no rosto das pessoas presentes ali.

Elas pensam que estamos fodidos.

É bem possível que seja verdade.

CAPÍTULO 12
Zack

Depois de terminar o último carro, pegamos a estrada de volta para São Francisco bem a tempo de ver o treino de Luke no acampamento de beisebol.

Quando chegamos ao campo, Jolene e eu vamos para as arquibancadas, onde encontramos um lugar para assistir à partida.

O campo foi construído pela escola do bairro, e os meninos mais velhos parecem estar se esbaldando como técnicos dos pequenos.

Cada menino mais novo fica na posição do rebatedor enquanto um jogador do ensino médio faz arremessos suaves para eles. Quando jogadas questionáveis são feitas, os outros técnicos temporários surgem, brigando de brincadeira com os árbitros mirins e dando suas justificativas.

É a vez de Luke rebater. Um rock toca no alto-falante e, quando escuto a batida diminuir, me levanto gritando pelo meu garoto enquanto chamam seu nome. Jolene é rápida em me seguir, e isso só me faz sorrir mais.

— Estão tocando Papa Roach como música de entrada dele? — ela pergunta.

Eu rio.

— Eles deixam as crianças escolherem a música de entrada. Luke e eu passamos uma tarde inteira escolhendo. *Born for Greatness* tinha a melhor batida e, fala sério, olha a mensagem que ela passa: nascido para a grandeza.

Jolene se inclina e ri perto do meu ombro.

— Você é um pai muito mais legal do que o meu jamais foi.

— Bom, o seu tinha um bom ouvido para música folk cristã — eu brinco e beijo o topo de sua cabeça. — Passei uma manhã inteira escutando essa música, dando aos treinadores os exatos doze segundos que seriam os mais fortes.

Quando nos sentamos, olho para ela de novo e esse brilho nos seus lindos olhos castanhos me deixa sem fôlego. Levanto sua mão em direção à minha boca e beijo o dorso, segurando-a firmemente na minha e olhando para o campo.

Luke se vira e acena com um sorriso bobo no rosto.

— Oi, pai! — ele grita.

— Ei, parceiro. Bata uma bem longe!

Ele dá um joinha antes de chegar na posição de rebatedor e assumir seu posto, praticando algumas vezes antes de segurar o taco bem alto, movendo-o gentilmente para ficar solto.

Ele é alto para sua idade, então sua zona de acerto é bem grande. Flexionando os joelhos, ele curva o corpo na base, dando menos trabalho ao arremessador.

Primeiro arremesso e ele acerta uma bem no campo central. Para minha surpresa, Jolene pula antes de mim, gritando para Luke correr. Ele corre e chega até a terceira base, deslizando para alcançar a marca.

Nós dois gritamos a plenos pulmões enquanto Luke bate palmas, como viu os jogadores profissionais na TV fazerem depois de uma boa rebatida. Vê-lo no campo — a maneira que ele olha para as arquibancadas para ter certeza de que vi sua ótima jogada — faz meu peito se encher de orgulho.

Depois do jogo, Jolene e eu descemos até o banco e esperamos os técnicos de Luke fazerem um discurso pós-jogo. Quando eles liberam o grupo, Luke é o primeiro a sair correndo pelos portões.

— Você viu, pai? Eu fiz duas rebatidas e aquela jogada irada no segundo tempo. Os técnicos disseram que eu fui muito bem e que mal podem esperar para me ver quando eu estiver mais velho.

Seu corpo pequeno corre em direção a mim e eu o levanto com um grande abraço enquanto ele fala sem parar.

— Vi sim! Estava aqui o jogo todo. Você foi ótimo. — Eu o coloco no chão e fico de pé.

— Hã, pai? — Luke olha por cima do meu do ombro e depois me olha com curiosidade.

Me inclino para baixo, para ficar na altura dele.

— Sim, amigão?

— Tem uma moça atrás de você e ela meio que tá olhando pra mim.

Faço uma expressão séria.

— Como ela é?

Ele aperta os olhos para Jolene.

— Cabelos castanhos. Meio longos. E ela tem olhos bonitos. Ela é o que o você chamaria de gatinha.

Escuto Jolene dar risadinhas.

— Uma gatinha, né? — eu pergunto, coçando o queixo. — Você acha que deveríamos falar com ela?

Ele levanta os ombros.

— Não sei. Mamãe diz para nunca falar com estranhos.

Aperto os lábios e concordo com a cabeça.

— Isso é muito sensato. E se eu te dissesse que ela não é uma estranha?

Ele arqueia bem as sobrancelhas, quase até a testa.

— Ela é sua amiga?

Balançando a cabeça em afirmação, respondo:

— Minha amiga desde que eu tinha a sua idade.

— Como eu nunca a conheci antes?

— Por que você está fazendo tantas perguntas? — questiono.

— Ela é sua namorada? — Ele agita as sobrancelhas como o pestinha que é.

Tiro seu boné de beisebol, esfrego sua cabeleira e coloco o boné de volta.

Me levantando, fico atrás de Luke, colocando as mãos em seus ombros, e os apresento:

— Jolene, esse ferinha é meu filho, Luke.

Luke acena.

— Oi.

— Prazer em te conhecer. — Ela acena de volta. — Ei, ótimo jogo. Foi muito bom de assistir.

— Obrigado. Você deveria vir pros meus jogos da Liga Juvenil. São um pouco mais intensos do que esse. Aqui eles gostam de brincar demais e fazer piadas — ele lhe diz.

— E não é essa a graça? — Jolene pergunta.

Ele dá de ombros.

— É, quando não é competição, acho que sim.

Tiro seu chapéu e bagunço seu cabelo de novo.

— Acho? Ora, não seja tão sério.

Ele ri enquanto pego sua bolsa e vamos em direção à caminhonete.

Luke entra no carro e eu coloco sua bolsa no banco de trás. Jolene entra no assento do passageiro.

— Está com fome? — pergunto a Luke quando me acomodo.

Luke arregala os olhos e baixa o tom de voz, como se estivesse forçando a garganta.

— O que você acha?

Balanço a cabeça e rio baixinho. Se tem uma coisa que faz dele meu filho é o tanto de comida que conseguimos colocar para dentro. Ele é assim desde que nasceu. No primeiro aniversário, ele comeu metade de um super burrito sem dificuldade. Natalie reclama que não pode ter comida em casa e eu digo a ela para se preparar, porque só vai piorar quando ele estiver no ensino médio.

— O que você quer comer? — Viro a chave, ligando o carro.

— Burrito! — Ele pula no banco de trás.

Eu rio alto.

— Imaginei. Algum lugar em mente?

— O que vocês quiserem. Qual é seu lugar preferido? — ele pergunta a Jolene, dando um tapinha em seu ombro.

Ela encolhe os ombros.

— Não sei. Nunca comi em um restaurante mexicano aqui.

Luke fica boquiaberto.

— Sério? Você nunca comeu no Tacos Jalisco?

— Ela não é daqui. Está só passeando e volta para casa amanhã. Ela mora em Nova York — explico.

Meus olhos encontram os de Jolene e aí está a verdade, para começarmos a absorvê-la. Ela vai embora amanhã para voltar à sua vida e eu estarei de volta à minha vida aqui.

Luke dá um pulo, caindo para trás quando o cinto de segurança o puxa com força.

— Não brinca. Você consegue ver a Estátua da Liberdade da sua casa?

Vejo a maneira como seus lábios se inclinam para o lado enquanto ela para antes de falar de novo. É como se tivesse acabado de se lembrar que mora do outro lado do país, e isso me faz pensar se está tão incerta quanto eu sobre o que vai acontecer com a gente depois de hoje.

Ela inspira como se também estivesse afastando isso de sua mente e se vira para Luke.

— Não. Eu moro no Queens, e a estátua só é visível de algumas partes de Manhattan e Staten Island. Agora, se você estiver sentado do lado esquerdo do avião quando vir da Costa Oeste, você tem a vista mais incrível dela no Porto de Nova York. Se for um voo noturno, é melhor ainda porque ela está iluminada e tudo ao redor fica escuro. É deslumbrante.

— Você anda de avião? — O rosto de Luke se ilumina com agitação.

Ela sorri.

— Ando. Sou comissária de bordo. Talvez um dia possamos te colocar no meu voo e eu te levo na cabine do piloto.

Viro a cabeça rapidamente para ela, balançando-a devagar e apertando os olhos. Se tem uma coisa que aprendi com crianças é: não sugira coisas a menos que saiba que poderá fazê-las. Depois de amanhã, provavelmente nunca mais vou vê-la de novo, então ela não deveria ficar fazendo promessas que não pode cumprir para o meu filho.

Ela vê minha hesitação e afunda no assento.

— Isso seria tão legal! Só andei de avião uma vez, quando mamãe me levou até o Oregon para conhecer algumas pessoas da nossa família que não moram aqui. Nós vamos pra Disney, mas vamos de carro — diz ele.

— Luke e a mãe dele vão para a Disney para passar alguns dias e, quando ele voltar, tem acampamento de robótica — explico.

— Você é um cara ocupado. — Jolene olha para ele, impressionada.

— Papai diz que eu devo ser um menino completo. Esportes e estudo fazem um bom homem — afirma ele, de maneira direta, e trocamos um cumprimento que faz Jolene rir. — Ei, talvez meu pai e eu possamos ir de avião com você antes da escola começar — fala, muito ansioso para aceitar a oferta irreal de Jolene.

Mudo de assunto.

— Ok, que tal comermos naquele lugar em Mission District?

Felizmente, Luke dá um pulo com a ideia.

— Sim!

É raro que eu o leve lá, já que o estacionamento é difícil e a localização não é a melhor, bem ao lado da estação de trem, mas até mesmo eu admito: os burritos são os melhores.

Fico meio mal por fazer Jolene se sentir insegura com sua sugestão, mas, felizmente, ela passa por cima disso e continua a conversa com Luke.

— Então, qual sua posição de beisebol preferida?

— Gosto mais de primeira base, lançador e recebedor — ele revela, depois de pensar um pouco.

— Que nem o seu pai, né?

— Como você sabe?

— Jolene e eu fizemos o ensino médio juntos. Ela costumava ir me ver jogar.

— Você também cresceu em Dixon? — Luke me pergunta como se fosse a coisa mais louca que ele já tivesse ouvido.

— Cresci sim — diz Jolene, sorrindo animadamente para mim.

Engraçado ver seu pensamento mudar nos últimos dias. Crescer em Dixon nunca foi algo que ela tivesse orgulho de dizer, mas agora sinto um toque de animação em sua voz quando ela o confirma.

Encontramos uma vaga para estacionar depois de procurar por quinze minutos e saímos do carro. Luke corre para um restaurante mexicano pequeno enquanto espero Jolene sair do veículo.

— Me desculpe se te aborreci, dizendo que iria levá-lo na cabine do piloto — diz ela, mordendo o lábio inferior.

Eu suspiro.

— Tudo bem. É só que você precisa ter mais cuidado quando disser coisas assim para crianças. Elas se lembram, e ele vai perguntar por você e quando vai poder fazer isso. — Eu a olho nos olhos. — É que eu não acho que isso vai acontecer, então não queria criar falsas esperanças nele.

Vejo sua rápida inspiração com a minha escolha de palavras, mas ela não diz mais nada em resposta porque sabe que tenho razão.

Luke segura a porta para ela enquanto vamos para o balcão, onde fazemos nosso pedido.

Ele pega uma mesa para nós, e, quando me sento, eu o mando lavar as mãos antes que a comida chegue.

Quando ele volta, chamam nossos nomes e me levanto para pegar os burritos, que facilmente pesam meio quilo cada. Eu os coloco em frente a Jolene e ela arregala os olhos em choque, especialmente quando vê Luke devorá-lo.

— Você consegue comer isso tudo?

— Pode apostar — diz Luke, com a boca cheia de comida.

Eu lhe entrego um guardanapo.

— Não fale de boca cheia.

Jolene só consegue comer metade do dela antes de o colocar de volta no prato, anunciando:

— Não acredito que vocês conseguem comer um inteiro. Estou cheia.

Luke se ajeita na cadeira.

— Sou um garoto em fase de crescimento.

— É sim — diz ela, embrulhando o resto do seu burrito no papel-alumínio que veio com ele para levá-lo para casa. — Então você não vai precisar disso? — ela pergunta, pegando o papel-alumínio do burrito de Luke e o desamassando na mesa.

— Você vai embrulhar o seu duas vezes? — ele pergunta, confuso.

Jolene sorri.

— Vou fazer uma coisa para você.

Os olhos de Luke se arregalam.

— Legal! O que é?

— Você vai ver.

Assistimos enquanto ela arranca cuidadosamente as pontas do papel-alumínio em cinco tiras e deixa uma seção maior intacta.

Luke e eu continuamos a comer enquanto Jolene molda o papel-alumínio, dobrando-o em algumas partes, fazendo um espiral em volta do dedo e depois o soltando.

— É um lagarto? — Luke pergunta com a cabeça tão inclinada que se poderia achar que ele iria cair.

Ela sorri, sem responder até fazer os retoques finais, e então levanta o papel.

— É um cachorro.

E é mesmo. Com o focinho comprido e as orelhas largas e caídas, um rabo ondulado e uma barriguinha, é o cachorro mais feio que já vi, mas é bem impressionante.

Luke coloca seu burrito no prato e pega o cachorro.

— Que legal! Posso ficar com ele?

— Claro. Eu fiz para você. — Ela sorri para mim, se certificando de que está tudo bem, e eu me sinto um pouco mal por ela pensar que precisa pedir minha permissão para isso.

— Pai, olha. — Luke o entrega para mim e eu também coloco meu burrito no prato para vê-lo melhor.

— Muito legal. — Chamo a atenção de Jolene enquanto devolvo o cachorro para ele. — Onde você aprendeu a fazer isso?

Ela dá de ombros, como se não fosse nada de mais.

— Gosto de pensar em atividades bobas para fazer com as crianças durante os voos com coisas que normalmente acabariam no lixo.

Não consigo deixar de sorrir para essa garota enquanto tiro uma mecha de cabelo que caiu em seu rosto e a coloco atrás da orelha.

— Por que esse olhar? — ela pergunta.

Não sabia que estava com uma expressão em particular no rosto.

— É muito legal que goste de entreter as crianças no voo. Conheço muitas pessoas que parecem fazer um esforço para evitar crianças, especialmente as que não são delas.

— Não achou que eu gostasse de crianças?

Balanço a cabeça levemente.

— Não sabia o que esperar. Você já esteve no mundo todo, sozinha. — Quando olho para baixo, me dou conta de que tem algo que quero saber sobre ela. Algo que não tinha pensado em perguntar até agora. — Você já pensou em ter filhos um dia?

Ela se ajeita na cadeira, enrijecendo as costas. Seus olhos passeiam pela mesa.

— Nunca pensei muito nisso. Adoro crianças. Eu só... nunca conheci ninguém que me fizesse pensar em ter filhos. E viajo tanto que não saberia como criar a criança. Ou quem ficaria com ela.

Sinto um peso sair do peito com essa resposta.

Ela me olha de volta e ergue as sobrancelhas.

— Você quer mais filhos?

Faço que sim com a cabeça, sem titubear, na verdade.

— Quero.

Ela abre a boca enquanto expira trêmula.

— Bom saber.

Seguro sua mão embaixo da mesa.

— No que você está pensando?

Seus dentes deslizam pelo lábio inferior enquanto ela se inclina e sussurra no meu ouvido.

— Precisamente em como se fazem bebês.

Me viro para Luke.

— Ok, hora de ir.

126 ESCALA PARA O AMOR

CAPÍTULO 13

Jolene

Depois do almoço, Zack leva Luke e eu para o Mitchell's Ice Cream porque, bem, de acordo com Zack, é o melhor sorvete da cidade.

Zack pede um de caramelo, eu, de chocolate e Luke devora o seu de torta de gafanhoto — que é sorvete de menta com gotas de chocolate, biscoito Oreo e doce de leite.

Ele fala por uma hora inteira sem parar: sobre a escola, esportes, sua opinião sobre o último filme da Pixar. Ainda bem que Zack e eu não tínhamos planos de vê-lo, porque ele contou todo o final.

Não sei como explicar, mas ver Zack como pai é um superafrodisíaco. Sim, claro, ele é lindo e sexy e tudo o que uma mulher quer em um homem fisicamente, mas vê-lo interagir com seu filho está me fazendo sentir coisas. Coisas para as quais eu não estava preparada.

Depois do sorvete, paramos em frente a um prédio em uma boa área da cidade. Uma mulher de cabelos loiros e compridos está do lado de fora, de braços cruzados e com um sorriso no rosto. Ela acena, mas, quando me vê, seu sorriso desaparece por um momento e ela olha para Zack, confusa.

— Volto já — ele me diz e se vira para Luke. — Me dê um segundo, amigão.

Zack sai do carro e vai até quem imagino que seja Natalie. Sua conversa parece um pouco acalorada, mas eles não estão brigando. Ela provavelmente está se perguntando por que tem uma mulher estranha com seu filho no carro. Eles podem ter regras contra isso. Ou talvez Zack faça disso uma rotina. Não tenho a menor ideia.

— A mamãe não parece muito feliz com meu pai — diz Luke, quase desiludido, do banco de trás.

— Tenho certeza de que está tudo bem. Eles estão só conversando.

— Espero que ela não esteja com raiva porque o papai trouxe uma amiga para nosso passeio.

Aproveito a oportunidade para perguntar:

— Seu pai traz amigas para os passeios com frequência?

— Não. Você é a primeira. O que é uma pena, porque me diverti com você. Acho que deveria continuar amiga dele por um bom tempo.

Me viro e sorrio para ele.

— Bem, não importa o que aconteça, preciso dizer que foi uma honra te conhecer Luke, e posso dizer sinceramente: você é um menino incrível.

— Obrigado! — Ele olha pela janela e vê seu pai vir até a porta. Quando Zack a abre, Luke se inclina para me dar um abraço. — Tchau, Jolene! Até semana que vem!

— Tchau. — Minha despedida é interrompida quando a porta se fecha atrás dele.

Luke corre para a mãe e lhe dá um abraço. Ela o envolve com os braços e beija suas bochechas.

Zack se inclina e dá um abraço em Luke, enchendo-o de beijos. Sei que ele disse que seu relacionamento com Natalie não era fácil, mas uma coisa eles fizeram certo: criaram um menininho muito especial.

Quando Zack entra no carro, dá partida e sai, bem calado. Uma das mãos está no volante e a outra esfrega o queixo enquanto dirige pelas ruas de São Francisco.

— Natalie parecia irritada — quebro o silêncio.

Zack resmunga.

Aperto os lábios e expiro, me perguntando se ele vai me dizer mais alguma coisa. Ele não diz, então falo:

— Ela estava chateada por causa da mulher estranha no carro?

Zack balança a cabeça, e fico surpresa.

— Natalie estava chateada porque *você* estava no carro — diz ele, e me inclino com uma expressão confusa. Ele olha na minha direção e explica: — Quando o pai do seu filho está apaixonado por outra mulher no início do seu relacionamento, isso tende a te deixar um pouco irritada. Você pode imaginar que ela é um pouco sensível em relação a você.

Fico de queixo caído.

— Natalie sabe sobre mim?

Ele me olha como se fosse óbvio:

— Nunca menti para ela.

— Ok — eu cedo. — Posso ver como isso afetou seu relacionamento com ela, mas já faz muito tempo. Por que ela ainda agiria assim?

Ele dá um sorriso amarelo em minha direção.

— Quer a resposta sincera?

Confirmo com a cabeça e engulo em seco, sem ter certeza se quero.

— Não estive com nenhuma mulher na última década sem compará-la a você. É por isso que ainda estou solteiro, Jolene. Comparo todas a você, mas...

Ele não termina a frase. Sua atenção se volta para a estrada, e ele parece perdido em pensamentos. Eu, por outro lado, estou em um frenesi de emoções.

Aqui está esse homem, esse homem lindo que é proprietário bem-sucedido de um bar, é um filho dedicado e um pai incrível. É provavelmente o melhor partido, mas...

Droga, não consigo enjoar dele.

Coloco minha mão na sua coxa. O músculo retesa enquanto passo a mão pelas laterais e pelo grosso volume em sua calça, esfregando ao longo do jeans.

Abro o botão e o zíper, deslizando a mão para dentro de sua boxer, sentindo a grossura da sua ereção.

Zack solta um gemido, tentando impedir sua cabeça de cair para trás.

Me inclino e beijo seu pescoço, deixando a língua deslizar e dançar pelo lóbulo de sua orelha.

— Amor, o que você tá fazendo? — ele pergunta com um gemido.

Tiro meu cinto de segurança.

— Um boquete.

Seus olhos se arregalam enquanto tento abaixar sua calça. Ele levanta os quadris para me ajudar a descê-la até o meio das coxas. Seu pau sai e o envolvo na mão, bombeando-o para cima e para baixo, e volto a beijar seu pescoço e seu maxilar, sentindo sua barba por fazer no meu queixo.

Por sorte, a caminhonete de Zack é mais alta do que a maioria dos carros, e ninguém consegue me ver abaixar a boca para sua ereção e passar a língua pela cabeça aumentada e pela veia do prazer. Quando coloco a coisa toda na boca, ele solta um palavrão e põe a mão gentilmente na minha cabeça, tirando meu cabelo do rosto.

Eu chupo e sopro, deixando minha língua deslizar para cima e para baixo enquanto minha cabeça balança. Seu pau cresce na minha boca e me engasgo um pouco quando o coloco no fundo da garganta.

— Meu Deus, Jolene, isso tá muito bom — diz ele, ofegando. — O que eu fiz para merecer isso?

Se minha boca não estivesse cheia, eu diria as milhões de razões. Por me trazer de volta a Dixon, por ser um pai sexy pra cacete, por me dizer que ainda sente algo por mim depois de todos esses anos.

E, sinceramente, apenas por ser Zachariah Hunt.

O homem dos meus sonhos.

Sinto o carro pegar velocidade e fico com vontade de rir da excitação em seu corpo.

Quando o carro para, ele pega meu queixo e o levanta, selando minha boca com um beijo e me puxando para ele no banco da frente do carro. Suas mãos estão no meu rosto e cabelo, e ele me dá o beijo mais emocionante, apaixonado e ardente da minha vida.

Ele levanta a calça, mas não a abotoa antes de sair da caminhonete. Olho para cima e vejo que estamos em um beco. Quando ele dá a volta no carro, abre a porta e me agarra, me levando nos ombros e batendo a porta atrás de si.

Ele tira uma chave do bolso e abre uma porta de aço. Entramos e subimos um lance de escadas, que rapidamente reconheço. Estamos no bar. Ele deve ter nos trazido pelos fundos.

Em instantes, estamos em seu escritório e ele está abrindo a cama dobrável e me jogando em cima dela. Minhas costas pousam na cama com uma quicada, e sou recompensada com a visão de Zack tirando a camisa e ficando de pé em frente à cama em toda a sua glória desnuda.

Ele tira os sapatos e eu faço o mesmo.

— Tira a roupa — ele comanda. — Agora.

Arqueio uma sobrancelha pelo seu tom.

— Não.

Ele aperta os olhos com minha rebeldia.

— O que você disse?

Saio da cama e corro para a mesa, colocando o grande móvel entre nós.

— Não tiro a roupa só porque um homem me diz para fazer isso.

— Ah, não?

— Não. — Levanto a bainha da camiseta e a tiro por cima da cabeça. — Faço isso porque *eu* quero.

— O que você quer agora?

Agora é minha vez de dar as ordens.

— Quero ver você tirar a roupa. Tire a calça agora.

Com um sorriso malicioso, ele deixa a calça cair no chão. Seu pau está pressionando o algodão, chamando atenção. Arregalo os olhos e luto contra o desejo de lamber os lábios. Como recompensa por seu bom comportamento, tiro a calça e fico de calcinha e sutiã.

Seus olhos escurecem enquanto ele passa a língua por seu lábio inferior.

— Preciso te tocar. Agora.

Eu coloco a mão para cima.

— Nã-nã-ni-nã-não. Primeiro, quero ver você se tocar.

Ele resmunga.

— Você sempre foi um pé no meu saco.

— Sentiu minha falta? — provoco, com falsa modéstia.

— Você não faz ideia do quanto. — Zack abaixa a cueca até o chão e segura sua ereção e a bombeia.

Sinto um tremor com a visão. Nunca tinha visto um homem se tocar antes, e é muito sexy.

Meu coração acelera com expectativa, mas mantenho os pés plantados firmemente nesse lado da mesa.

— Agora me peça com jeitinho — eu digo, meu polegar deslizando por baixo da alça do sutiã, provocando-o.

— Amor, por favor, tire esse pedaço de cetim e renda, para que eu possa ver seus seios lindos.

Rio com satisfação e deixo o sutiã cair no chão.

Seus olhos azuis se dilatam, necessitados, quando meus seios ficam livres. Eu os seguro e brinco com meus mamilos, passando os polegares neles e os sentindo despertarem embaixo da minha pele.

— É isso que você quer ver? — Minha voz sai rouca.

Aquela marca de nascença em forma de coração na sua coxa está implorando para que eu a beije.

— Quero te provar. Por favor, me deixa ir até você.

Tiro a calcinha e a seguro no ar, girando-a no dedo. Quando eu a jogo, Zack a pega no ar e a leva para o rosto, cheirando-a.

O ato me faz choramingar, estou ofegante, e ele ainda nem me tocou.

Subo em sua mesa e me sento sobre os joelhos, passando as mãos pela barriga e depois pela parte interna das coxas.

— Quanto você me quer, Zack? — Mergulho os dedos na minha boceta e os deixo circularem pelo clitóris. Solto um gemido estridente e tenho que recuperar o fôlego de tão sensível e carente que estou.

Com o som, Zack joga minha calcinha no chão, se inclina para a frente, me agarra pela cintura e me traz de volta para a cama.

— O que você pensa que está fazendo? — pergunto enquanto ele me deita na cama.

— Chega de joguinhos. Vou pegar o que é meu — ele rosna ao colocar sua forma imensa entre minhas coxas e alinhar seu pau na minha entrada antes de empurrá-lo para dentro gentilmente.

Eu o recebo com facilidade, e sua gentileza diminui.

Ele levanta minhas pernas e começa a bombear, me incendiando por dentro, enquanto sua boca está devorando minha carne. Ele chupa meus mamilos e pescoço. Uma das mãos segura meu cabelo e a outra agarra meus quadris conforme me penetra, atingindo os lugares mais deliciosos.

— Senti falta disso. Senti falta de você.

Meu corpo está quente; meu torso está em chamas. Agarro sua bunda e o puxo para mais perto, movendo os quadris para cima e para ele, esfregando o clitóris em seu corpo.

— Não quero que isso acabe — diz ele perto do meu pescoço.

Coloco uma perna em volta dele e empurro meu peso para cima, deitando-o de costas e o cavalgando, estilo caubói.

Ele solta um gemido insano ao me ver girar em cima dele. Quando me inclino para a frente e esfrego os quadris para a frente e para trás, sinto aquilo crescer dentro de mim. Meu abdômen fica tenso e eu continuo, perseguindo o orgasmo.

Mais forte e mais rápido, cavalgo Zack, que mexe os quadris embaixo de mim, agarrando os meus e gritando meu nome.

Quando eu gozo, é uma explosão, e ainda assim não consigo parar. Passo pelo orgasmo, sentindo uma piscina de desejo entre as pernas, e logo Zack está inclinando a cabeça para trás, seu pomo de adão fica saliente na garganta, junto a uma veia que deixa sua pele vermelha enquanto ele libera seu próprio orgasmo.

Foi a coisa mais sexy que já vi na vida.

Exausta e saciada, eu caio em seu peito. Seu coração está batendo um milhão de vezes por minuto, enquanto recupero o fôlego. Estamos suados e grudentos, e é o melhor que já me senti em anos.

Zack me envolve com seus braços.

Dou um beijo em seu coração e passo os dedos pelo salpicar de pelos no peito. Zack nos gira, me abraçando. Coloco uma perna por cima do seu quadril, ainda precisando estar perto dele.

Passo a mão por sua têmpora e traço os contornos do seu rosto, este rosto vigorosamente lindo.

— Eu também não quero que acabe — revelo, e então olho para a parede.

— Mas terá que acabar, porque tenho que me reportar à companhia aérea em três horas para dizer que estou pronta para voar de novo.

Sua testa cai em direção à minha. Ele está respirando com força, seus olhos se fechando. Esse pensamento o machuca.

— Por quanto tempo vai ficar fora?

— Você quer dizer quando estarei de volta a São Francisco? Não sei. Meses, talvez?

Sua cabeça levanta com um susto.

— Meses?

— Sou alocada em Nova York. Geralmente estou em voos internacionais. São Francisco não é um voo comum para mim.

— Então é isso? Não vou poder te ver de novo?

A expressão dolorida em seu olhar quase parte meu coração. Ela reflete o sentimento que também tenho. Quero que exista uma maneira de fazer isso dar certo, mas foi tudo repentino demais. Esse nosso reencontro foi um turbilhão. Não estava planejando ter Zack de volta à minha vida. Não sabia que um plano precisaria ser feito e, honestamente, não tenho certeza de que tipo de plano seria. Tudo o que sei é que não estou pronta para tomar nenhuma decisão. Também não estou pronta para deixá-lo ir.

— Venha comigo — peço.

Ele me olha com uma expressão confusa.

— Nunca tirei férias, e provavelmente não fui designada a nenhum lugar ainda. Vamos para algum lugar. Juntos.

Ele se solta de mim e se senta. A perda do seu contato me deixa fria.

— Não posso pegar minhas coisas e ir embora, Jolene. Tenho um negócio para administrar. E um filho para cuidar.

— Você disse que ele estaria de férias com a mãe por alguns dias. E tenho certeza de que Stella pode ficar responsável pelo bar no seu lugar — pressiono.

— Stella não pode ficar à frente do bar sem mim.

— Posso sim! — a voz de Stella ressoa do outro lado da porta.

— Você estava escondida me escutando transar? — ele tira satisfação.

Há uma pequena pausa e então ela responde:

— Eu subi aqui para pegar a folha de pagamento, mas acabei ficando para o show. Em minha defesa, vocês dois fazem muito barulho. E, se serve de consolo, vocês dois são mais sexy do que qualquer pornô que eu já vi.

— Stella — ele rosna, mas eu seguro seu queixo e trago sua atenção de volta para mim.

— Três dias. Venha comigo. Sei como você viveu sua vida esses anos. Agora quero a chance de te mostrar como eu vivo. Depois disso, podemos decidir o que é exatamente essa coisa entre nós e o que fazer. Porque agora não tenho as respostas e não estou pronta para descobrir. O que sei é que nenhum de nós dois está pronto para dizer adeus, então não vamos.

Subo nele e coloco meu corpo no seu, envolvendo seu pescoço com os braços.

— Eu te dei três dias. Agora me dê três dias. Por favor, Zack. Venha comigo. Por favor. — Para garantir, pisco sedutoramente e aperto os seios contra seu peito.

Sua cabeça pode estar contra essa ideia, mas, pela maneira como seu pau pula embaixo de mim, sei que seu corpo está em guerra com a mente.

— Três dias? — ele pergunta.

Passo a língua em sua orelha e mordo o lóbulo.

— Você tem passaporte?

— Na verdade, sim. Tirei para o casamento do meu primo que seria no México, seis anos atrás. Os dois terminaram antes do grande dia. Ele expira?

Eu beijo seu queixo.

— Ainda está válido. O que acha de molho à bolonhesa?

Seu pau dá um espasmo de novo.

— Eu gosto de comida italiana.

Eu balanço os quadris.

— Ótimo. Porque vamos para a Itália.

Agito os quadris e fricciono sua ereção, que agora está completamente rígida.

— E o que eu ganho se for para a Itália?

— Pode lamber creme de *cannoli* da parte do meu corpo que escolher.

— Stella! — Zack a chama. — Você está no comando. Vou levar minha garota para viajar por alguns dias.

— Sim, senhor! — ela grita.

Zack me vira na cama e grita para Stella novamente.

— Agora volte lá para baixo porque vamos fazer barulho de novo.

CAPÍTULO 14

Zack

— Você parece nervoso. — Jolene cobre minha mão com a dela. — Está tudo bem, eu juro.

Eu inspiro antes de me virar para ver seu rosto, que está tão calmo, como se estivesse sentada em uma praia, relaxando no sol, e não prestes a decolar em uma máquina de 45 toneladas que deveria flutuar pelo ar.

Me ajeito no assento, tentando esconder o nervosismo que está abrindo caminho pelo meu corpo lentamente.

— Estou bem.

Tento ignorá-lo e sento na minha poltrona.

— Só não sou muito fã de voar.

— Você sabe que é mais seguro voar do que dirigir em uma rodovia, né?

Eu lhe dou um sorriso amarelo.

— Essa estatística é a mesma se você estiver sobrevoando o Oceano Atlântico?

Ela tenta esconder o riso, o que aprecio nesse momento. A última coisa que preciso é que ela me faça sentir como se eu fosse um medroso. Só porque ela voa o tempo todo não significa que todo mundo seja tão confortável com isso.

O piloto fala pelo alto-falante, nos dando boas-vindas. Depois que eles passam pelos procedimentos de segurança e nos dizem para nos prepararmos para a decolagem, o piloto volta a falar pelo sistema e, para minha surpresa, ele começa a cantar.

Olho de lado para Jolene, minha cabeça pressionada no encosto.

— Ele está cantando Beatles?

Ela assente, suspirando.

— Esse é o capitão Carter Clynes — diz ela, em um tom um pouco estranho.

— Você o conhece?

Um riso fraco escapa de seus lábios.

— Sim. Ele normalmente canta *Lucy in the Sky With Diamonds*. Cantou essa música durante todo o tempo que voei com ele. Estou surpresa em ouvi-lo cantar *Ticket to Ride*.

— Parece mais adequado, se quer saber. — Em seguida, me inclino para falar mais baixo: — Mas por que ele canta? Todos os pilotos fazem isso?

Ela balança a cabeça.

— Não, ele é o típico piloto playboy. É coisa dele e ninguém nunca questionou. Com sua reputação, ele pode fazer o que quiser.

— Será que eu quero saber o que você quer dizer com isso? — pergunto, com a cabeça para trás de novo, para que eu possa respirar mais livremente.

— Provavelmente não — diz ela, e volto a tentar me acalmar enquanto taxiamos na pista.

— Comissários, preparem-se para a decolagem — pede o capitão Clynes pelo alto-falante.

Inspiro rápido.

Para minha surpresa, Jolene se inclina, colocando os lábios nos meus e segurando meu rosto. Instantaneamente me perco em seu beijo enquanto sinto a velocidade do avião na pista.

Minhas mãos ficam tensas e, em resposta, ela aprofunda o beijo, derretendo em minha boca. Soltando um leve gemido, me solto do braço da poltrona, passando os dedos pelos seus cabelos e a abraçando, trazendo-a para mais perto de mim.

Quando ela se afasta, sinto o avião nivelar. Solto uma respiração profunda enquanto ajeito minha calça, com a situação repentinamente desconfortável em que estou.

Felizmente, o voo não teve turbulência. Jantamos e assistimos a dois filmes juntos, rindo das mesmas piadas e trocando olhares em algumas cenas melosas. A vantagem da sua garota trabalhar em uma companhia aérea é que os comissários te trazem bebida de graça e lanches extras.

Minha garota. Porra, não sei se ela é oficialmente minha, mas é bom dizer isso.

Até consigo dormir quando eles diminuem as luzes e todos começam a dormir também. Agora entendo por que o voo decolou tão tarde. Treze horas no ar é muito mais maleável quando você passa a maior parte do tempo dormindo.

Quando acordamos, Jolene e eu tomamos café da manhã e eu assisto *SportsCenter* enquanto ela se atualiza sobre algumas besteiras no canal Bravo. Quando saímos do avião, Jolene abraça os outros comissários e até mesmo o capitão Clynes. Olho para ele, sem querer saber do que ela estava falando mais cedo, mas, quando ele me vê, se inclina para a frente e me dá um firme aperto de mão com um sorriso. Depois de trabalhar em um bar por dez anos, você consegue reconhecer facilmente uma ameaça, e esse homem não é uma.

— Boas férias — diz ele.

Sorrio de volta.

— Obrigado pelo ótimo voo e pela música também.

Ele acena com a cabeça e eu continuo a andar, indo pelo túnel que leva ao aeroporto na cidade onde passarei os próximos dias, aprendendo uma língua e uma cultura que nunca imaginei que aprenderia.

Jolene me ensinou as manhas de voar e de fazer as malas, então nós dois só levamos bagagem de mão e vamos direto para a alfândega. Jolene tem um passaporte global, então ela vai para uma fila enquanto eu espero com todo mundo. Depois de uma espera abominável de quarenta e cinco minutos, finalmente chego à máquina onde meu rosto é escaneado e meu passaporte é verificado. O pequeno portão se abre e Jolene está esperando do outro lado com sua bagagem de mão de um lado e um saco plástico na outra.

— O que é isso? — Olho para a sacola de compras que ela não estava segurando antes.

Ela tira um chapéu fedora da sacola e o coloca na minha cabeça. É cinza com listras pretas.

— Pronto. Agora, você parece um italiano! — Ela sorri enquanto dá um passo para trás, olhando para o chapéu na minha cabeça. — Agora, vamos ficar bêbados com *Prosecco* e comer *prosciutto* até não aguentarmos mais.

Ela me pega pela mão e me puxa em direção a ela. Coloco a bolsa de lona no ombro e sigo minha garota, saindo do aeroporto.

Jolene aborda um táxi parado no meio-fio. Ela fala italiano, e fico abismado em ver como ela é fluente.

Não entendo uma palavra do que estão dizendo, mas conheço o significado multicultural de um aceno, então abro a porta para Jolene, deixando-a entrar primeiro enquanto o porta-malas se abre e coloco nossas malas nele com facilidade.

— *Sei in luna di miele?* — o motorista pergunta.

Me viro para Jolene, levantando o olhar em interrogação. Ela se inclina para mim, sussurrando:

— Ele perguntou se estamos em nossa lua de mel. — Ela se inclina para a frente no assento, para ficar mais próxima do homem. — *Stiamo visitando la famiglia. Lo sono stata qui più volte, invece per lui è la prima volta.*

Eu cutuco sua perna.

— Não sabia que era tão fluente em italiano. O que você disse?

— Disse que estamos aqui em uma escapada sexual pela Costa Amalfitana.

— Jolene...

— Tô brincando! — Ela ri. — Disse que estamos aqui visitando a família. Que já estive aqui muitas vezes, mas que é a sua primeira vez.

Os dois conversam enquanto fico admirado, olhando a garota, que, certa vez teve dificuldade para passar na prova de espanhol, falar outro idioma como se fosse sua língua materna.

Ela se encosta no banco de trás e se vira para ver meu sorriso.

— O que foi? — ela pergunta.

— Estou impressionado, só isso.

Ela dá de ombros, como se não fosse nada de mais.

— Nonna me ensinou bastante ao longo dos anos.

Me viro para envolvê-la ainda mais.

— Me fale mais sobre ela. Como você conheceu alguém em um país estrangeiro e a conhece tão bem que pode ligar em um piscar de olhos e dizer que vamos ficar na casa dela?

O sorriso que cobre seu rosto me diz que ela gosta de verdade da mulher.

— Ela estava em um voo meu há anos. Era um voo noturno, como esse que acabamos de pegar. Tinha tomado café, tentando ficar acordada, pois estava tão confusa sobre com os fusos horários que achou que tinha que ficar acordada em vez de tentar dormir.

Ela ri, como se estivesse relembrando o momento.

— A pobre mulher estava muito agitada e com dificuldade para ficar no assento, mas não quis incomodar o casal ao seu lado, que estava com cobertores e travesseiros, apenas esperando a decolagem para que pudessem adormecer logo. O voo não estava cheio, então eu a mudei para um assento no fundo, onde nós comissários normalmente nos deitamos, jogamos cartas ou lemos. Ela se deu muito bem conosco. No fim do voo, nos tornamos todos grandes amigos e ela nos convidou para irmos à casa dela e provar seu *gnocchi* caseiro. — Os olhos de Jolene se arregalam com a menção do prato.

— Esse é o que você aprendeu a fazer?

Ela confirma com um sorriso.

— Esse e muitos outros. Ela me lembra tanto da minha avó... a maneira como falava, seus trejeitos, tudo. Engraçado como ela falava outra língua, mas sinto como se estivesse sentada de novo na mesa com minha avó, assando tortas para o Dia de Ação de Graças.

— Todos mantiveram contato com ela assim como você?

Ela suspira, balançando a cabeça e olhando para o lindo campo que parece saído de uma pintura.

— Não. Só eu. — Ela se vira em minha direção e vejo a tristeza que passa pelo seu rosto. — Eles todos têm família. Eu não. Acho que ela meio que me adotou.

Coloco a mão sobre a dela e a seguro com firmeza. O sorriso tímido que ela me dá me faz querer esfregar meu peito, mas luto contra o impulso e me mantenho firme por um momento.

Olhando para baixo, ela sorri como se estivesse espantando a tristeza de sua mente.

— Espere só até ela te conhecer. — A maneira como ela diz isso me deixa nervoso.

— Hã, eu deveria estar com medo?

— Digamos que ela pode ser um pouco intensa às vezes, e eu já falei de você para ela.

— Falou?

Seus cílios tremulam enquanto ela me olha e dá de ombros.

— Ela sabe tudo sobre mim. É claro que sabe quem você é.

— Como ela reagiu quando você disse que eu viria? — pergunto e observo Jolene levantar um ombro até a orelha e arquear as sobrancelhas. — Você não disse a ela, não foi?

Ela balança a cabeça.

— Disse a ela que estou trazendo um amigo. Só isso.

— Então eu deveria estar nervoso, né?

— Talvez um pouco. — Ela ri, assentindo. — Estou brincando. Vai ser tranquilo.

Ao dirigirmos por Nápoles, fico surpreso ao ver como algumas partes da cidade são sujas. Pichações marcam muitos dos prédios, e há alguns lugares em ruínas que parecem ter sido bem bonitos um dia.

Quanto mais perto chegamos da Baía de Nápoles, mais bonitos os bairros parecem ficar. Seguimos por uma colina, onde Jolene disse ser Vomero. Pela janela, posso avistar de relance a água e, se não me engano, o Monte Vesúvio.

— Pedi ao motorista para fazer a rota pitoresca. Queria que você visse as áreas mais bonitas de Nápoles — explica.

Eu me inclino para ela, envolvendo seus ombros com os braços e a trazendo para perto de mim, para poder beijar o topo de sua cabeça.

Descemos a colina, e os prédios vão ficando mais juntos. Aquele sentimento histórico, rústico que você tem quando pensa na Itália ganha vida.

Paramos em frente a uma pequena viela. Dois prédios se encaram, suas sacadas praticamente se tocando pela proximidade. Varais estão pendurados de uma fachada para a outra, criando estandartes, exceto que, em vez de bandeiras, é a roupa íntima de alguém que está ali.

Pego minha bolsa de lona e a mala de Jolene e a sigo para fora do táxi e pela viela. A calçada de paralelepípedos é tão rica quanto a história que esses prédios partilham.

Jolene para mais ou menos na metade do caminho na viela e toca a campainha em uma das portas.

Uma velhinha, de mais ou menos um metro e meio de altura, cabelos grisalhos e cacheados e grossos óculos de metal abre a porta, com um vestido de casa e um avental cobrindo-o.

Seus braços estão abertos, fazendo um sinal para Jolene ir até ela, dizendo:

— *Ciao, dolcezza mia!*[3]

Jolene abraça a mulher, abaixando-se para ficar da altura dela. Tudo o que consigo ver são as mãos da mulher dando tapinhas gentis nas costas de Jolene.

Me perguntei ao longo dos anos como Jolene estava, sozinha no mundo, sem família. Nunca considerei as pessoas que ela encontraria pelo caminho.

Jolene se levanta e se vira em minha direção para mostrar que trouxe uma visita.

A mulher abre os braços para mim.

— *Chi è?*[4]

Suas mãos são frias e macias quando ela segura as minhas com firmeza.

Jolene envolve meu braço com os dedos.

— *Nonna, questo è Zack.*[5]

Os olhos de Nonna dançam por nossas mãos dadas enquanto ela absorve o que Jolene acabou de dizer e se arregalam com uma inspiração rápida.

— *Il tuo Zack?*[6]

Jolene assente e a mulher me dá um puxão em sua direção, envolvendo meu pescoço com seus braços, trazendo minha silhueta alta para perto da sua pequena.

---

3   Oi, minha querida!
4   Quem é?
5   Nonna, este é Zack.
6   O seu Zack?

— *Oh, mio dio, Zack. Sei davvero tu?* — ela pergunta, mantendo seus braços em volta de mim.

Posso dizer pelo seu tom que ela está surpresa, mas não faço ideia do que disse. Me viro para Jolene, que está rindo.

— Sim, Nonna, é ele mesmo — confirma Jolene, felizmente, em uma língua que entendo.

— *Ah, si, scusami. Non parla italiano* — diz ela. E com seu sotaque forte, acrescenta em nossa língua: — Por favor, venha, venha. — Ela sinaliza para nós a seguirmos para dentro e para dois lances de escadas até sua casa.

Tenho que baixar a cabeça ao passar pela porta. Sei que sou um cara grande, mas esse lugar me faz sentir um gigante. Entramos na sala, que tem um sofá e duas cadeiras estofadas uma em frente à outra. A cozinha é ao lado, com uma mesa de jantar de madeira com quatro lugares.

As janelas estão todas abertas, uma levando a um pequeno terraço com vista para a viela.

Pode ser pequeno, mas é limpo, com um chão de azulejo e um vaso com flores frescas na mesinha de centro. Ela tem fotos de santos na parede e outra da família, que parece ter sido tirada no início do século passado.

— O que você achou? — Jolene me pergunta.

Arqueio as sobrancelhas.

— Estou achando que as paredes são bem finas.

Jolene ri.

— Vamos, vou te mostrar nosso quarto.

Com sua mão na minha, ela me leva a um quarto de hóspedes onde mal cabe a cama. Coloco nossas malas no chão e caio na cama, que solta um rangido alto com meu peso.

Arqueio uma sobrancelha para Jolene, que se contorce de rir. Me sento e a pego pela cintura, trazendo-a para mim.

A cama range com o balanço dos nossos corpos. Meu riso ressoa pelo quarto pequeno.

— Eu cheguei a mencionar que a cama é muito, muito velha? — diz ela enquanto recupera o fôlego.

Tiro a mecha de cabelo que caiu na frente do seu rosto e seguro sua bochecha.

Caramba, ela é linda. Especialmente quando seu rosto está rosado de rir.

Ontem, ela me atraiu para essa viagem com seu corpo nu e a promessa de mais por vir. Se, por um lado, eu seria louco de dizer que não estou ansioso para me enterrar nessa mulher enquanto estamos aqui, estou tão contente quanto ao segurá-la assim.

Sua respiração regulariza e ela me olha com um sorriso acanhado.

— Está com raiva? — ela pergunta.

Eu a beijo gentilmente nos lábios.

— De jeito nenhum.

Minha boca fica ávida quando eu a provo de novo, e, quando me viro para pegar na sua bunda, a cama solta um rangido irritante que me deixa descansando a cabeça em seu peito com um gemido.

— Vamos conhecer sua Nonna[7] formalmente. — Me levanto e estendo a mão para Jolene.

Ela se levanta e me segue até o corredor para a cozinha, onde Nonna está de pé.

— Vocês querem *caffé* ou Chianti? — pergunta Nonna, estendendo os braços para os lados.

Jolene e eu nos olhamos e assentimos com a cabeça ao mesmo tempo, dizendo:

— Chianti.

Nonna bate palmas em uma espécie de celebração.

— Eu esperava que vocês dissessem isso. Venham, vamos nos sentar lá fora.

Ela pega uma garrafa de vinho revestida de palha na base e três taças. Voltamos pelo corredor e subimos mais um lance de escadas. No topo há uma porta que Nonna tem que abrir com o quadril. Quando o faz, a luz do sol de fim de tarde brilha pelo lugar. Sigo as mulheres para fora, para o terraço do prédio de Nonna.

Há um parapeito em torno do perímetro e é possível ter uma visão de

---

7   Em italiano, "nonna" significa "avó". É uma brincadeira que a autora faz ao escolher esse nome. (N. E.)

trezentos e sessenta graus da cidade. Os vermelhos e dourados, cremes e marrons dos telhados mostram a arquitetura do velho mundo.

Fico de pé e encaro a Baía de Nápoles, e estou absolutamente admirado. A água azul-escura se estende pelo lugar e reluz no sol. O Monte Vesúvio fica perto, parecendo alto e quase falso.

Pode estar faltando estética moderna e espaço nessa casa, mas a vista é surreal.

Jolene e Nonna vão até uma pérgola no centro do terraço, coberta por videiras, quase alcançando toda a estrutura com verdes e marrons deslumbrantes que se trançam uns nos outros.

Nos sentamos nas cadeiras de metal do terraço em volta de uma mesinha com mosaicos em forma de limoeiros.

— Obrigado por nos deixar ficar com você — falo para Nonna.

— *A ogni uccello, il suo nido è bello* — ela diz ao colocar o vinho.

Jolene traduz para mim.

— Para cada passarinho, seu ninho é bonito.[8]

Sorrio com a frase. Quando Nonna me dá a taça, eu a levanto em um brinde:

— A isto.

Jolene pega sua taça e nós brindamos. Me encosto na cadeira e deixo o ar do Mediterrâneo entrar nos meus pulmões. Uma taça de vinho e uma vista maravilhosa são uma ótima maneira de combater o *jet lag*.

— Quero ouvir todas as histórias — Nonna pede com um sorriso malicioso. — Me conte todas as histórias de Jolene.

Eu rio alto.

— Eu deveria estar te fazendo a mesma pergunta. A senhora a conheceu melhor do que eu nesses últimos anos. — Me viro para Jolene quando esse pensamento me vem à cabeça.

Ela está pegando a taça de Nonna e agradecendo em italiano. Há um brilho em seus olhos quando olha para Nonna, como se não fosse apenas alguma mulher com quem fica ocasionalmente. É mais do que isso.

---

8   Provérbio italiano que corresponde a "lar doce lar". (N. T.)

— Nonna, a senhora provavelmente sabe mais sobre ela agora do que qualquer pessoa.

Jolene olha para baixo enquanto mexe sua taça de vinho, dando de ombros como se soubesse que estou certo, mas como se também estivesse vendo agora como é triste.

Nonna coloca sua mão na minha.

— Eu vim para a vida de Jolene na época em que precisava dela. Nós ajudamos uma à outra.

— *Chi di volta, e chi si gira, sempre a casa va a finire* — Jolene acrescenta. — Significa: "Não importa para onde você vá, sempre terminará em casa". É o que Nonna me disse algum tempo atrás.

— Você só precisa saber onde é sua casa. — Nonna segura minha mão antes de soltá-la.

Ela parece o tipo de mulher que tem uma maneira assombrosa de saber o que precisa ser dito na hora certa. É o que às vezes faz as gerações anteriores tão especiais.

— A menos que haja morcegos na dita casa — diz Jolene, e Nonna cobre a boca rindo.

— Ela contou sobre a vez em que me ajudou a tirar o *pipistrello* do meu sótão? — Nonna me pergunta.

— *Você* ajudou a tirar um morcego de um sótão? — Meus olhos se arregalam na direção de Jolene.

Ela odeia todas as criaturas que esbarram nas coisas à noite.

Jolene estremece com o pensamento.

— Meus Deus, nem me lembre.

— Como você o tirou de lá? — Quero saber mais da história.

— Eu cheguei e ela estava na sala, coberta com uma manta porque ouviu o bicho voando e esbarrando nas coisas.

Nonna levanta a cabeça, rejeitando os fatos.

— Você me faz soar como uma *pazza*. — Ela faz o sinal internacional de loucura em volta da cabeça.

Jolene solta um grande sopro de ar.

— Não deixe ela te enganar. Ela estava encolhida no canto, planejando sua fuga da casa em vez de descobrir o que era o barulho.

— Não foi tão ruim assim! — Nonna se defende.

Jolene faz uma expressão apática até Nonna balançar a mão em sua frente, cedendo.

— Ok. Eu não estava feliz com isso. — Ela dá um grande sorriso para Jolene. — E então você chegou.

— A-ha! A verdade vem à tona! Ela me fez ir ao sótão com uma vassoura! — diz ela, dramaticamente. — Como se uma vassoura fosse matar o bicho.

— Então, o que aconteceu?

— Abrimos a portinhola para o sótão e ele saiu voando para o quarto dela.

Jolene se ajeita na cadeira para se certificar de que estou ouvindo o que ela está contando.

— O bicho deu um rasante por cima da minha cabeça. — Seus olhos se arregalam enquanto ela bate a mão no braço da cadeira.

— O que você fez?

— Não com a ajuda dela. — Jolene mal conseguia conter o riso. — Eu estava balançando a vassoura no ar como uma louca, batendo nele para que saísse pela janela. E adivinha onde ela estava. — Ela aponta para Nonna, que está escondendo o sorriso atrás da taça de vinho. — Ela se trancou no banheiro e me deixou completamente sozinha.

Nonna levanta o copo para Jolene fazendo um brinde.

— *Saluti!* Por você ter salvado o dia. Assim como meu Antonio teria feito.

Jolene e Nonna sorriem uma para a outra com a menção de Antonio.

— Era o seu marido? — pergunto depois do momento que elas partilham.

Nonna confirma com a cabeça e olha para o céu, mandando um beijo antes de se virar para mim novamente.

— Ele faleceu um ano antes de eu conhecer Jolene. Não tivemos filhos, então tudo tem sido muito solitário.

Alcanço a mão de Jolene enquanto ela olha para a mesa e toma um gole de vinho. A relação entre as duas faz mais sentido do que antes.

— Como Antonio faleceu?

— Ele adorava seu vinho e *sigari*[9]. Acabou tirando o melhor dele. Não consigo andar pela *piazza* sem sentir o *dolce profumo* que me lembra ele. — Seus lábios se abrem em um sorriso enquanto ela se encosta na cadeira, como se pudesse senti-lo agora.

— Por quanto tempo foram casados? — eu continuo.

— *Cinquant'anni* — ela conta com orgulho. — Antonio foi meu primeiro e único amor. Nos conhecemos quando tínhamos quinze anos. Ele roubou um limão do nosso limoeiro e meu coração ao mesmo tempo. *Mio padre* não gostava muito dele no início, mas — ela balança a cabeça e as mãos —, com o tempo, ele começou a amá-lo tanto quanto eu.

Ela para e fica olhando para Jolene e para mim. Seus olhos castanhos pensativos brilham quando ela faz isso.

— Às vezes, você precisa ouvir o universo e o que ele está querendo te dizer. *Mio padre*, ele... ele nos queria separados, mas alguém — ela aponta para o céu — tinha outro plano, e continuou nos unindo até que *la mia famiglia* não pôde mais lutar contra.

Ela fica de pé com a garrafa de Chianti, enchendo nossas taças.

— Na Itália, *i signore*[10] têm que mostrar à *famiglia* o que ele pode *offrire*... hã, qual é a palavra? Prover? — Nonna pergunta e Jolene confirma. — Prover para as filhas com quem se casam. — Ela olha em minha direção. — Você conseguirá prover para ela como meu Antonio fez?

Jolene quase se engasga com o vinho.

— Ai, meu Deus... você não tem que fazer essas perguntas ao Zack.

Coloco a mão na de Jolene e a dou um leve tapinha, fazendo-a entender que está tudo bem. Enquanto Nonna serve meu vinho, olho para ela, e com a mais séria das expressões, eu lhe garanto:

— Sim, eu vou prover para Jolene.

---

9   Charutos.
10   Os cavalheiros.

xEnquanto Nonna volta para a cadeira, a mão de Jolene relaxa sob a minha. Me viro para ela, que está inspirando profundamente e olhando para mim com um sorriso.

Pego minha taça e bebo meu Chianti, me sentindo muito bem em ter vindo para essa viagem.

CAPÍTULO 15

Jolene

Passar a noite conversando com Nonna em seu terraço foi a noite perfeita. Nonna contou a Zack histórias sobre as muitas vezes que a visitei e partilhamos com ele algumas das minhas anedotas preferidas de quando fiquei com Nonna. Fiz espaguete à bolonhesa e jantamos ao ar livre com as luzes da cidade iluminando abaixo.

Quando Zack percebeu que sua mesa estava bamba, ele pediu uma caixa de ferramentas e a consertou para que ficasse firme de novo. Nonna, sabendo que provavelmente não conseguiria ajuda ali por um tempo, deu a Zack três outras coisas para consertar, e ele o fez sem pensar duas vezes. Apenas ajudou essa mulher maravilhosa — que, horas antes, era uma estranha para ele.

Eu nunca trouxe ninguém para conhecê-la antes, então, até noite passada, não tinha me dado conta de como isso era realmente especial.

Nonna se tornou alguém importante para mim. Eu a amo com ternura.

Quanto ela me puxou para o lado e me disse em italiano que gostou muito do Zack, isso me trouxe uma grande sensação de alívio. Quero que ela goste dele porque tenho certeza de que estou me apaixonando por ele de novo.

Estou ficando louca?

Sim.

Não tenho certeza de quando aconteceu. Essas palpitações começaram no segundo em que o vi no táxi semana passada. *Meu Deus, só foi dias atrás que nos vimos de novo?* O desejo era palpável, mas, logo depois, ele estava me ajudando com meu ouvido e me fazendo um sanduíche, e todos os sentimentos começaram a vir à tona.

Talvez tenha sido quando estávamos em Dixon, agindo como nós dois éramos antigamente? Não, isso foi só um lembrete do que éramos. Talvez tenha sido quando estávamos fazendo amor em seu escritório e ele concordou em vir para a Itália comigo? Pode ser.

Tudo o que sei é que, observando-o com a luz entrando pela janela, batendo em seu lindo rosto enquanto ele dorme profundamente nessa cama pequena demais para ele, tenho uma sensação terrível no peito com o pensamento de não estar com ele quando voltarmos para casa.

Não quero devolvê-lo ao mundo real.

Posso ficar com ele? Tenho o direito de tê-lo?

Ele sente o mesmo que eu?

Com tudo isso na cabeça, me ocupo em tingir o cabelo de Nonna. Ela gosta mais dos produtos americanos, então eu trouxe uma caixa de L'Oréal para ela e comecei a aplicar a coloração, enquanto estamos as duas em sua cozinha.

Zack dorme até mais tarde, o que é ótimo para Nonna porque sei que ela não ficaria feliz se ele a visse com a cabeça cheia de tom número 5.

Tomamos uma xícara de café juntas enquanto esperamos a tinta fixar, antes de eu ajudá-la a arrumar o cabelo usando o secador e o babyliss que deixo embaixo da pia.

Estou apenas fazendo os retoques finais no cabelo quando Zack sai do quarto, todo sonolento e sexy.

— *Buongiorno![11]* — diz Nonna quando o vê.

Ele sorri ao vê-la.

— A senhora está linda, Nonna — diz ele, se inclinando e beijando-a no rosto, fazendo-a corar.

Ok, se eu já não estivesse completamente apaixonada por ele de novo, essa atitude teria sido definitiva para mim.

Ele deve ter visto meu olhar pensativo, porque inclina a cabeça, se perguntando se estou bem. Eu o dispenso e guardo minhas ferramentas de salão.

---

11   Bom dia!

Hoje, quero mostrar a Zack o que é Nápoles. Quero que abra os olhos para como é viver a vida fora da Califórnia.

Essa é minha oportunidade para lhe mostrar minha vida, e planejo tirar total vantagem disso.

Depois de colocar um vestido de verão e botas, pego uma mochila que deixo na minha bagagem de mão e guardo algumas coisas de Zack nela enquanto ele está no banho. Ele vestiu uma bermuda cargo e uma camiseta preta, e arruma o cabelo antes de sairmos.

Dou um beijo em Nonna e lhe digo para não nos esperar acordada, pois vamos fazer um tour por Nápoles. É um dia ensolarado enquanto ziguezagueamos pelas ruas e passamos por cafés e vendedores nas ruas.

Em um café, pedimos croissants e *espresso*. Quando paramos na San Gregorio Armeno, ele me olha, se perguntando por que o levei a uma igreja se nem é domingo.

Entrelaço minha mão na sua e o puxo pelo caminho escondido. Quando viramos uma esquina, um jardim fechado repleto de laranjeiras aparece à vista e ele para de repente, olhando para a área em nosso entorno. Ele toca a pedra desgastada.

— De quando é esse lugar?

— Dizem ser do século XVII.

Adoro ver Nápoles sob esse ponto de vista. Lembro da primeira vez que vim aqui. Não há nada nem de longe tão antigo nos EUA, especialmente na Costa Oeste. Era difícil para mim compreender coisas que durassem esse tanto até eu vir aqui.

Deixo Zack absorver tudo, seus dedos percorrendo as linhas das árvores que se envolvem e crescem no muro de pedra que nos cerca.

Quando ele termina, eu o guio pela viela, que é tão estreita que é difícil andarmos lado a lado. Você instantemente se sente como se tivesse entrado em outro mundo, algo digno de um cenário de um filme antigo. O sol apenas espia em pedacinhos dos altos muros de pedra que nos cercam pelos lados.

Não há muitas pessoas aqui, mas de cada lado há pequenas estatuetas disponíveis para compra. Tudo, de coisas de natureza espiritual a atletas se enfileiram nos lados. Zack coloca a mão nos bolsos, como se estivesse com medo de quebrar alguma coisa se tocasse em algo. É extraordinário, para dizer o mínimo, com tanto para absorver. Souvenirs ocupam cada espaço livre das prateleiras e mesas.

Zack para e olha para a estatueta de uma mulher. Ela usa uma capa vermelha cobrindo os ombros, uma coroa de flores, e suas mãos estão acima da cabeça. Ele a pega como se significasse algo especial para ele.

— Essa é a Santa Bona de Pisa — explico. — Gostou dela?

Ele inclina a cabeça com um sorriso amarelo.

— Acho que sim, mas não sei por quê.

Sorrio.

— Ela é a santa padroeira dos comissários de bordo.

Zack me olha como se fosse a coisa mais louca que já tivesse ouvido.

— Acho que vou ter que levá-la, então.

Ele leva a estatueta para o caixa e paga, pedindo para a dona da loja embrulhá-la bem para que não quebre durante a viagem, e a coloca na minha mochila.

Quando saímos, de mãos dadas, é com um sentimento renovado de que isso entre nós, não importa o que seja, definitivamente é certo.

Eu lhe dou pizza para comer, porque ninguém pode ir à Itália e não comer pizza. Ele devora uma inteira sozinho e solta uns gemidos sexuais a cada mordida. Agora que sei que comida o deixa tão feliz, quero alimentá-lo o dia inteiro.

E eu faço isso.

Depois, *gelato* e *cannoli*, e ele se apaixona até por aqueles biscoitos duros de amêndoas chamados *ricciarelli*. Ele compra outro chapéu fedora e me dá um chapéu de palha.

Continuamos nossa caminhada por Nápoles até o terminal de balsas e o conduzo até a que está partindo para Sorrento.

Zack me surpreende com a facilidade com que me segue.

Subimos na balsa e nos sentamos no convés ao ar livre ao sairmos de Nápoles e seguirmos em direção a uma nova cidade nesse país estrangeiro. Ele me envolve com seus braços e beija minha testa enquanto o vento chicoteia nossos cabelos.

Ele tira várias fotos nossas com Nápoles atrás de nós e, quando chegamos a Sorrento, tira mais fotos do alto da cidade.

Quando saímos do barco, o sol ainda está brilhando no céu de fim de tarde. Pegamos uma mesa em um café da *piazza* central e sentamos lado a lado, tomando vinho e olhando as pessoas, ouvindo uma versão instrumental de *Volare* vinda de dentro do café. Há um cachorro abandonado andando perto, então Zack o chama e o acaricia como se fosse seu.

— Isso é muito louco — diz ele, inclinado para a frente com o vinho na mão.

Coloco a mão no queixo e o espero continuar, observando enquanto seus olhos dançam pela cena à nossa frente — a atmosfera, as pessoas, a comida, o vinho...

— Ontem, estávamos em São Francisco. Esta manhã, acordei em Nápoles e agora estamos em Sorrento.

— Incrível, né? — Eu sorrio.

— Sim. É empolgante conhecer outras partes do mundo. Provar a comida e ouvir a língua. — Ele se encosta na cadeira e solta um suspiro. — Experimentar a cultura. Eu me acostumaria com uma *siesta*.

Eu lhe dou um tapinha no braço.

— Olha só você, com toda a paixão ardente de um viajante. Sabia que iria adorar.

— Adoro por causa da minha companhia de viagem. É gostoso ter você por perto.

Enrubesço.

— Obrigada. Significa muito para mim que esteja aqui. — Pego sua mão e a seguro. — Posso ficar melosa por um minuto?

Ele sorri.

— Pode.

— É só... sinto como se fosse para você estar aqui. Viajando comigo. Na Itália. Você acredita em destino?

Ele inspira fundo e depois solta o ar.

— Sinceramente? Pensei muito sobre destino ao longo dos anos. Não acreditava nele. A ideia de algo acontecer por ser destino parecia conversa fiada, mas... — ele bate os dedos na mesa — ... você foi embora.

Abro a boca para falar algo, mas ele me para fazendo um sinal com o dedo.

— Fiquei com raiva quando você sumiu. Nada daquilo parecia estar escrito nas estrelas. Então conheci a Natalie e ela engravidou. Tive raiva de como tudo acabou acontecendo. Fiquei puto comigo mesmo.

Um suspiro profundo sai de seus lábios e é substituído por um sorriso.

— *Luke*. Quando ele nasceu, tudo fez sentido. Ele é o destino. É a razão de que tudo isso tenha acontecido. Se você não tivesse ido embora, ele não estaria aqui, e não sei se quero saber como seria o mundo sem ele. Então, respondendo à sua pergunta, sim, eu acredito em destino. Acredito que você ter ido embora me deu Luke.

— E agora? — pergunto com uma expressão esperançosa.

Ele apoia um cotovelo na mesa enquanto coloca seu outro braço em volta das minhas costas.

— Sei que foi o destino que nos colocou juntos naquele Uber.

Eu sorrio. Meu Deus, eu sorrio e me inclino para beijá-lo.

Quando o sol começa a se pôr, a polícia tira os vasos que se enfileiram nas vias para o meio das ruas, bloqueando o tráfego.

Zack me dá um olhar interrogativo sobre por que fariam algo assim.

— Você vai ver — digo.

Quando a hora seguinte passa e o sol se põe no Mediterrâneo, ele finalmente entende do que estou falando. À noite, Sorrento ganha vida.

As ruas são fechadas para os veículos, e os pedestres tomam as ruas, encorajados pelos cafés a se sentar e ouvir a música que toca nas esquinas.

Andamos até encontrar um restaurante com um cardápio de que gostamos e, por sorte, tem um tocador de acordeom fazendo uma serenata para nós. Pegamos uma mesa do lado de fora. Comemos *branzino* e *calamari*[12] e pedimos um aperitivo de pizza para Zack, porque ele parece nunca ficar cheio.

Nós rimos, cantamos, comemos e bebemos. É possivelmente a melhor refeição que já fiz em toda a minha vida. Sobretudo por causa do homem sentado do outro lado da mesa.

---

12   Robalo e lula.

Depois do jantar, vamos em direção a uma boate onde o som de música pop inglesa pode ser ouvido do lado de fora. Entramos, e está escuro e hipnótico, com luzes de laser e gelo seco. Não há muitas pessoas, já que ainda é bem cedo, mas não nos importamos.

Deixo minha mochila na mesa quando Zack me chama para dançar. Envolvendo seu pescoço em meus braços, pressiono meu corpo contra o seu e balanço os quadris, me soltando na pista de dança com ele.

Nos beijamos e nos mexemos. Nos acariciamos e dançamos.

Nos derretemos em uma serenata apaixonada de duas pessoas que agem como se não houvesse dez anos perdidos entre elas.

Uma música mais lenta toca e nos movemos no ritmo. Minhas mãos deslizam por seu torso, sentindo cada sulco e saliência do seu corpo definido. Ele deixa as mãos descerem pelas minhas costas e agarra minha bunda.

Enquanto meus dedos dançam pelo seu braço, brinco com o traço de um beija-flor em seu braço.

— Você nunca me falou o que suas tatuagens significam — eu digo, indo para uma com o desenho intrincado de uma cruz.

— De qual você quer saber? — Ele se inclina para trás comigo ainda em seus braços.

Afasto a manga de sua camiseta e olho para a imagem de uma tulipa e uma rosa entrelaçadas uma na outra.

— As flores. O que elas representam?

— A tulipa é para o meu pai. Representa o mal de Parkinson. A rosa é para a minha mãe.

Vou até a cruz e traço os pergaminhos nas pontas.

— E essa?

— É para São Lucas. Os pergaminhos são a imagem de um touro dentro da cruz.

Indo para o beija-flor, toco as asas, que estão abertas para o voo.

— E essa? — pergunto, olhando para ele.

Seus olhos azuis abrandam quando ele me olha e declara:

— Essa é para você.

Franzo as sobrancelhas, com surpresa e confusão. Olho de volta para ela e então para ele.

— Um beija-flor não é apenas bonito; é também o símbolo da busca por nossos sonhos. Pode viajar até mais de três mil quilômetros para chegar ao seu destino. Essa é você. Meu beija-flor.

Prendo a respiração com o que isso significa.

— Você fez depois que eu fui embora?

— Se você ama alguém, deixe-o ir. Se voltar, era para ser — explica, me puxando para perto. Seu olhar profundo arde no meu com mais convicção do que qualquer olhar que ele já me deu. — Eu queria que você voltasse para mim, Jolene. Sonhei com isso. E você voltou.

Pego sua camiseta e o puxo, nossos lábios próximos, mas não se tocando.

— Eu quis voltar, Zack. Estive sempre pensando em uma forma de voltar para você.

Sua mão acaricia meu rosto e me puxa para ele.

— O que vou fazer agora que tenho você?

— Faça amor comigo. — Suspiro, e ele fecha os olhos.

— Mal posso esperar até voltarmos para Nápoles — ele lamenta.

Dou um sorriso travesso.

— Então que bom que reservei um quarto de hotel em Sorrento para passarmos a noite.

— Graças a Deus. — É a última coisa que ele diz antes de me tirar da pista de dança e pegar minha mochila.

Saímos correndo da boate e vamos pela rua. Eu o guio até a esquina em direção ao hotel, mas ele me puxa, me beijando sob as luzes, no meio de uma rua lotada.

Quando chegamos à entrada, é minha vez de apalpá-lo ao lado do prédio e ter minha chance com sua boca e língua, de provocá-lo e prová-lo.

O homem na recepção demora um tempo absurdamente longo para nos dar uma chave e, quando faz isso, corremos em direção ao elevador. Não está vindo rápido o suficiente, então pegamos as escadas, parando nos degraus e patamares para nos beijarmos e nos tocarmos.

Quando finalmente chegamos ao quarto, paramos um momento para rir do tamanho da cama, possivelmente ainda menor do que a da casa de Nonna.

Não parecemos nos importar.

Com o poste brilhando pela janela, o mundo permanece parado.

Zack tira minha roupa com um movimento suave e intencional.

Jogo suas roupas em uma pilha no chão.

Não perdemos tempo com preliminares.

Fazemos amor sob a luz do luar.

Fazemos amor sob o céu de Sorrento.

Fazemos amor como duas pessoas que tiveram que viajar até o outro lado do mundo para se encontrarem de novo.

CAPÍTULO 16
Zack

Estou surpreso em admitir que fico triste por estarmos indo para casa.

Quando acordamos em Sorrento, Jolene me fez uma surpresa com uma lambreta alugada entregue na porta do nosso hotel. Não era uma moto, mas nos levou pela Costa Amalfitana, parando em todas as cidades que ela adora.

Jolene não estava mentindo quando disse que eram lindas. Não sou de babar por uma paisagem, mas vê-la na beira de um penhasco admirando o Mediterrâneo com o matiz rosado da cidade de Positano atrás dela e um limoeiro ao lado é uma imagem que terei entranhada no meu cérebro para o resto da vida.

A viagem passou voando. Nunca fiz uma viagem assim antes — voar para um país estrangeiro com uma bolsa de lona nas costas e nenhuma ideia de como seria minha próxima hora. Minha vida foi cheia de responsabilidades e demandas desde que completei dezoito anos. Tenho sorte se puder escapar para um casamento ou para uma despedida de solteiro.

E quer saber? Não trocaria isso por nada.

Jolene e eu passamos pela casa de Nonna antes de ir para o aeroporto. Quando vamos embora, ela me dá um abraço carinhoso e me diz para voltar logo. Não tenho coragem de dizer que não sei quando e se poderei fazer aquela viagem de novo.

— *Chi non va non vede, chi non vede non sa, e chi non sa se lo prende sempre in culo* — diz ela.

Jolene me disse que a tradução era: Se você for não, não verá. Se não vir, não saberá. Se não souber, vai tomar no cu sempre.

Me pergunto se Jo está tentando me convencer com essa.

Se eu não tivesse Luke me esperando em casa, há uma pequena parte de mim que quer continuar a ir e ver e tudo o que esse mundo tem para oferecer, mas eu tenho um filho, e esse foi o período mais longo que já fiquei longe dele.

Pensar no meu filho é tudo o que preciso para lembrar por que chamo meu lar de lar. Poder criá-lo e ver todas as suas conquistas faz cada responsabilidade que vem com a paternidade valer à pena.

Ainda temos mais um dia até ele voltar de viagem, então Jolene reservou uma escala para mim em Nova York antes de eu ir para São Francisco.

Quando saímos do avião no Aeroporto JFK e andamos por ele, fica óbvio o quanto Jolene está familiarizada com esse lugar.

Ela abre caminho com facilidade pelas multidões e serpenteia pelos corredores em direção à alfândega e retirada de bagagem sem ter que olhar as placas. Já que estamos no seu aeroporto base, ela consegue me colocar na frente da fila para que escaneiem meu passaporte, e entramos no táxi em um piscar de olhos.

— Para a esquina da rua 109 com a Lefferts, por favor — diz ela ao taxista.

Olho para o lugar, absorvendo o fato que de estou mesmo em Nova York. Semana passada, estava em um voo pela primeira vez em anos, indo para Las Vegas e achando que era grande coisa. Agora, sinto que estive pelo mundo todo. *Bom, na verdade, eu realmente estive.*

Rio para mim mesmo ao pensar nisso.

— O que foi? — Jolene cutuca meu ombro.

— Só estou admirado de estar em Nova York. Vamos passar em frente ao Empire State Building ou à Estátua da Liberdade?

Ela solta uma risada alta e percebo o quanto devo ter soado como um turista. Não agi assim nem mesmo na Itália. Acho que porque eu não sabia o que queria ver, já que nunca sequer sonhei em visitar a Itália.

Agora que estou aqui, no mesmo lugar onde vejo a bola cair[13] todo Réveillon ou onde as torres caíram em 11 de setembro...

O pensamento me faz parar.

---

13   A Bola da Times Square é um balão horário localizado na Times Square, cartão-postal de Nova York. "A queda da bola" é o maior evento de Réveillon na cidade e faz a contagem regressiva do minuto final do dia 31 dezembro, para marcar a chegada do Ano-Novo. (N. E.)

Eu seguro sua mão.

— Podemos ir ver o Memorial & Museu Nacional do 11 de Setembro?

Ela sorri, sabendo o quanto isso significaria para mim. Meu pai chegou a servir nas Forças Armadas. É o que originalmente levou ele e minha mãe a Dixon — porque ele estava alocado na Base Aérea de Travis. Quando o 11 de Setembro aconteceu, ele me ensinou o que significava lutar por seu país e se orgulhar de ser americano. Pensei em entrar nas Forças Armadas para ajudar no desejo de Jolene ver o mundo, até meu pai ficar doente.

— Se é o que você quer fazer, então sim. Não temos muito tempo até seu voo amanhã de manhã, mas podemos tentar encaixar.

Seguimos de táxi pelas ruas residenciais de casas geminadas.

— Não parece o que achei que seria.

— Isso é porque estamos no sul do Queens. Manhattan fica a aproximadamente uma hora de carro ou de trem. O trânsito é uma droga.

Quando paramos no destino, ela paga e saímos. Seu apartamento fica em um prédio de quatro andares na esquina de um quarteirão movimentado. Há uma lavanderia e uma agência de seguros ao lado, e estreitas casas de família do outro lado da rua.

— Tenho certeza de que minhas colegas de apartamento não estão, mas, caso alguém entre em casa no meio da noite, não se assuste com o barulho — diz ela enquanto subimos para o segundo andar.

Ela destranca a porta, abrindo não menos que três fechaduras, e entramos em um lugar apagado, para dizer o mínimo.

Sei que não deveria julgar, já que vivo em um escritório em cima do meu bar, mas algo parece errado aqui.

As paredes são brancas, sem fotos ou decoração. Os sofás parecem pequenos, moles e desconfortáveis, enquanto a mesa que fica no canto não combina com as cadeiras de diferentes cores e tamanhos.

Não sou esnobe e jamais classificaria uma pessoa pelo que ela não tem, mas algo não está certo. Meu escritório acima do bar lembra mais um lar do que isso. Aqui são móveis colocados por mera necessidade em vez de realmente convidarem alguém a se sentar, ficar e chamá-lo de lar.

— Quantas pessoas moram aqui? — pergunto enquanto passamos pela cozinha pequena. Jolene pensa e eu paro. — Por que essa é uma pergunta difícil?

Ela dá de ombros.

— Varia bastante. Esse é um abrigo temporário. É arranjado entre as companhias aéreas, e algumas pessoas ficam apenas um mês ou dois, mas Jessica e Tanya ficaram aqui por alguns anos. Seus horários são pré-definidos, então elas só vêm para cá alguns dias por semana. A casa delas é onde cresceram, então elas vêm para ficar uma ou outra noite.

— E você? Essa é sua casa permanente ou tem outro lugar?

— É essa — diz ela. — Quatro paredes, uma geladeira, um fogão e um banheiro. Praticamente a definição de um abrigo temporário. Ah, e temos uma máquina lava e seca no armário do corredor, o que é praticamente inédito em apartamentos em Nova York! É pequena, mas é melhor do que ir a uma lavanderia... ou pior, ao porão do prédio. Isso seria assustador pra caralho.

A maneira como ela descreve seu arranjo residencial é como se fosse a coisa mais normal no mundo. Olho em volta, me certificando de que não estou tirando conclusões precipitadas.

Não estou.

— Então você mantém todas as coisas pessoais no seu quarto? — Aponto para um corredor, me perguntando se posso ir naquela direção.

— Sim, eu tenho o quarto maior, já que sou a que passa mais tempo aqui.

Ela me leva até o fim do corredor e para um quarto, que rezo para ter algum tipo de semelhança com um lar e não com o que ela continua se referindo como um abrigo temporário.

A porta se abre depois de ela destrancá-la com uma chave que tirou do bolso. As paredes também são brancas, mas pitadas de cores brotam de sua colcha, e a cômoda é de um azul-acinzentado — um contraste bem-vindo com o resto do lugar. Colares pendem do espelho da penteadeira e há um pôster emoldurado com uma citação de Bob Marley — "Ame a vida que você vive. Viva a vida que você ama" — na parede, ao lado de um cabide, com seus moletons pendurados. Não há fotos de amigos ou família. Nada que diga que é o quarto de Jolene Davies.

Ela puxa a mala atrás de si, jogando-a em um bagageiro que fica perto da janela. Sim, um bagageiro. Como os que se vê em um quarto de hotel.

Para uma mulher tão cheia de vida, estou surpreso em ver como seu espaço é sem vida. Só de pensar em meu escritório/quarto, posso facilmente enumerar dez coisas lá que fariam alguém entender do que estou falando — fotos dos meus pais, fotos de Luke, edições da *Men's Health*, um taco de beisebol assinado pelo Barry Bonds, uma manta do San Francisco 49ers, uma placa da Fundação Michael J. Fox para arrecadação de fundos para a pesquisa pela cura do Parkinson, um antiga placa da rua onde cresci em Dixon, uma miniatura do Camaro 69 que Austin Sexton me deu, uma begônia que Stella trouxe porque disse que minha alma precisava disso... porra, eu até tenho uma garrafa de birita na minha mesa sempre.

Se isso é o que Jolene chama de lar, entendo mais agora por que ela é tão ligada à Nonna. Aquele apartamento dilapidado lembra mais seu lar na infância do que o que ela tem aqui.

Jolene tira seu iPad da mala e o entrega para mim.

— Vou tomar um banho. Fique à vontade para ver Netflix ou o que quiser aqui. — Ela vem até mim, esfregando seu corpo contra o meu. — A não ser que você queira vir junto. Embora, para ser sincera, é um chuveiro pequeno em que mal consigo depilar as pernas, imagine fazer alguma sacanagem.

Eu a beijo suavemente e dou um tapa em sua bunda.

— Pode ir. Vou depois de você, e então podemos nos divertir.

Ela me beija de novo antes de pegar um recipiente no chão. Olho mais de perto e vejo que é um porta-xampu, com xampu e outras coisas nele.

— Por que você tem isso aqui?

Ela o levanta no ar e o balança, mostrando-o.

— É mais fácil assim. Algumas pessoas já se confundiram e pegaram minhas coisas quando foram sair para voar. O que posso dizer? Sou exigente com meus produtos e detesto ficar sem.

Ela corre para o banheiro, fechando a porta atrás de si, e eu me sento na cama. A mesa de cabeceira tem uma pequena luminária e um livro ao lado. É um romance histórico. Eu o pego e dou uma folheada. Ela parece estar mais ou menos na metade, e a heroína está prestes a perder a virgindade. Rio sozinho e o coloco de volta no lugar.

Seu guarda-roupa está entreaberto. Estico a perna e abro a porta com o dedo do pé. Está cheio de uniformes de comissária e uns dez vestidos. Ela esteve viajando pelo mundo todo por uma semana com uma bagagem de mão, então já vi com meus próprios olhos que ela não precisa de muitas roupas.

Ligo o iPad e passo por seus aplicativos. Sei que viajar é a sua vida. Porra, é a razão pela qual ela me deixou todos esses anos atrás. O que eu não tinha percebido é que *isso é a sua vida*. Ela tem vários aplicativos de guias turísticos, cada um para um país, em todos os continentes. Lonely Planet, Rick Steves, Eurostar Trains, Rosetta Stone, Google Translate e Tripwolf são apenas alguns dos outros aplicativos que ela tem em pastas categorizadas. Não há jogos. Apenas a conta no Instagram, que eu sabia que ela tinha, mas nunca pude acessá-la. Abro o aplicativo e não estou surpreso de ver que seu *feed* é repleto de lindas fotos tiradas nos lugares que ela visitou.

Essa pode não ser a vida para mim. Porra, isso me deprime um pouco, para ser sincero, mas é fácil de ver que ela está confortável com esse estilo de vida.

Então por que eu sinto o forte desejo de jogá-la no ombro, levá-la para casa e lhe dar um lar de verdade?

Passo a mão pelo rosto e seguro o queixo.

Porque está apaixonado por ela de novo, seu idiota.

Seria tolice não imaginar que isso aconteceria. Nunca deixei de amar Jolene Davies. Ela pode ter mudado em coisas para as quais não estava preparado, embora ainda seja tão dinâmica quanto era dez anos atrás. E mais sagaz, mais sexy, mais safada e todas as palavras boas que começam com "S". Sou louco por ela e agora preciso pensar no que dizer, porque, apesar de ser todas essas palavras com "S", ela também é inconstante pra cacete. Uma palavra errada e ela vai fugir como um gato assustado.

Jolene entra no quarto só de toalha e imediatamente a deixa cair a seus pés, deixando-a molhada, nua e com um olhar de desejo estampado no rosto.

Coloco o tablet na mesa de cabeceira. Ainda sou um cara. Não importa o quanto eu esteja confuso com relação à sua situação residencial e o que meus sentimentos por ela significam, ela ainda é uma deusa incrivelmente linda. Posso me preocupar com toda a merda racional depois. Agora, só quero estar dentro dela o mais rápido possível.

Dormimos nos braços um do outro. O voo e a mudança de fuso horário ferraram com a gente. Está completamente escuro lá fora quando começamos a nos mexer, acordados e com a barriga roncando.

— Foi você ou eu? — pergunto quando escuto o ronco no espaço silencioso. Levanto o celular e vejo que são três da manhã.

Ela se aconchega ao meu lado e coloca uma perna em cima da minha barriga.

— Deve ter sido você. Não estou com tanta fome. — Outro ronco ressoa, esse definitivamente vindo dela, e nós dois rimos. — Ok, esse fui eu. — Ela ri baixinho. — Vamos ver o que tem aqui.

Saímos da cama, nos vestimos e vamos para a cozinha. Percebo chaves no balcão que não estavam lá quando chegamos mais cedo.

— Alguém mais chegou em casa? — Aponto para elas.

Ela faz um gesto, desconsiderando o que eu disse, e abre o armário.

— Sim, acho que ouvi alguém entrar.

— Qual colega?

Ela fecha a porta, tirando uma caixa de cereal.

— Não tenho certeza. Vamos ver se ou quando ela sair. Pode ser cereal? É basicamente o que tem aqui.

Confirmo com a cabeça, olhando para o corredor, me sentindo estranho em saber que há mais alguém aqui e, mais estranho ainda, em saber que ela não faz ideia de quem seja.

Ela apanha duas tigelas, abre a geladeira para pegar o leite e volta para o balcão. Depois de colocar o cereal, ela abre o leite.

Quando ele sai em grossos pedaços brancos, ela uiva "Ai, meu Deus!". Parando rapidamente, ela derrama o leite estragado na pia.

— Argh, que nojo. — Ela liga a torneira, empurrando o resto dos pedaços de leite pelo ralo, e joga o cereal com o leite na lata de lixo. — Ok, nada de cereal. Vamos sair.

— Amor, você sabe que são três da manhã, né?

— Sim, e nós estamos em Nova York, não em Dixon, meu amigo. — Ela bate no meu peito divertidamente enquanto vai até o quarto pegar seu celular. — O que você quer comer?

Inclino a cabeça com um olhar apático. Meu pai sempre me dizia que nada de bom acontece depois da meia-noite, e preciso dizer que ele está completamente certo. Só acrescentaria que é provável que as pessoas que você vê nesse horário também não sejam boas.

— Moro em São Francisco, não no interior. Sei que tem lugares abertos, mas a pergunta é: são lugares para onde você realmente quer ir?

Ela faz um gesto de "deixa pra lá", rejeitando a ideia enquanto vai em direção ao seu quarto.

— Todo mundo que está comendo agora ou trabalha no turno da noite ou está voltando do bar — falo, me sentindo superprotetor, especialmente porque estou fora do meu ambiente.

Ela ri.

— Diz o cara que tem um bar.

Confirmo com a cabeça freneticamente.

— Sim, exatamente. Sou eu que os coloca para fora e chama os táxis porque estão bêbados demais para tomarem boas decisões, mas não é com esses tolos que eu me preocupo. É com as coisas suspeitas que vejo às três da manhã quando estou tirando o lixo ou fechando os portões. Caras estranhos à espreita. Os que estão andando pelas ruas muito chapados.

Seu pé dá algumas batidas no chão antes de ela ceder.

— Tudo bem. Podemos pedir.

— A essa hora?

— O quê? Não tem delivery de madrugada em São Francisco, garoto da cidade grande?

Enquanto ela procura quem entrega o quê, me sento na beira da cama, me sentindo ainda mais desconfortável que antes.

Que vida é essa que tem zero comida na cozinha o tempo todo? Sim, eu sei que ela esteve viajando, mas é assim o tempo todo? Talvez seja meu lado pai falando. Passei tantos anos tendo que prover para alguém além de mim, me assegurando de que ele estivesse alimentado e com todas as suas necessidades atendidas. Pode ser meu lado filho também, sempre indo socorrer meu pai quando ele precisa de uma mão para que não tenha que parecer fraco para seus empregados.

É por isso que tudo parece tão errado aqui?

Passo a mão no cabelo. Não consigo entrar no mundo de Jolene e assumir o controle como faço com todo mundo. No entanto, uma grande parte de mim quer isso. Tenho que protegê-la.

O problema é que ela não quer.

A lanchonete do bairro nos entregou comida às três e meia da manhã. Depois de comer queijo quente, desmaiamos e acordamos algumas horas mais tarde para visitar os lugares. Meu corpo ainda está se acostumando com as mudanças de fuso horário, mas nada que um café triplo na Starbucks não resolva.

Estou feliz que consegui sair. Passamos o dia no Memorial & Museu Nacional do 11 de Setembro e pegamos um barco para a Estátua da Liberdade. Luke vai ficar louco quando descobrir que fui. A Ellis Island é muito incrível e vamos até o pedestal da estátua antes de nos rendermos ao nosso *jet lag* e começarmos nossa longa jornada de volta ao abrigo temporário de Jolene no Queens.

Me recuso a chamá-lo de "casa".

Apesar de termos passado o dia visitando Nova York, vendo coisas que eu quis ver minha vida inteira, a grande pergunta que não quer calar nos acompanha.

O tempo está passando e não importa o que aconteça, a hora de dizer adeus está chegando. Nós a ignoramos durante a semana, mas não tem mais como lutar contra isso.

Quando entramos no apartamento, uma dor aguda enche meu peito. É hora de ir para o aeroporto e não tenho certeza do que dizer.

Ela está sentada na beira da cama enquanto fecho o zíper da mala e me viro para encará-la. Só de ver seu rosto — seu sorriso ao tirar um cachecol de seda que comprou de um vendedor de rua no centro de Manhattan e enrolá-lo no pescoço como se fosse o maior prêmio da vida — me diz tudo o que preciso saber. Isso não pode acabar. E com certeza não quero ser o que vai embora dessa vez.

— Volta para casa — eu deixo escapar.

Seus dedos param no cachecol enquanto ela me olha, surpresa.

— Eu estou em casa — diz ela lentamente, puxando o cachecol do pescoço e deixando-o cair na cama.

Olho em volta, tentando provar meu argumento.

— Isso não é uma casa. Você e eu sabemos que seu lugar é na Costa Oeste.

— Eu tenho uma vida aqui. Uma vida da qual eu gosto.

— Isso não é vida. — Olho em volta. — Você não pode mais viver assim. Precisa de uma família. De amigos. Volte para casa.

Sei que pulei de cabeça ao não esconder o que quero, mas o tempo continua a passar e, em dez minutos, tenho que ir pegar um avião.

— Como você pode dizer que isso não é vida?

Me inclino ligeiramente, estreitando os olhos.

— Porque não é.

Ah, agora eu me lembro como era quando eu deixava Jolene com raiva.

Seus olhos se arregalam enquanto seu rosto muda para um tom de vermelho. Quando seus lábios se contraem e ela inspira, *flashbacks* do ensino médio me vêm à cabeça.

Eu só a vi assim quando correram rumores pela escola de que alguém me viu me agarrando com Marissa na minha caminhonete. A verdade é que Chris tinha pegado minhas chaves para se agarrar com Marissa, mas eu vi a ira que ela podia descarregar antes que pudesse contar a verdade.

Essa ira está em seu rosto agora.

— Fique sabendo que eu amo a minha vida. Fui muito feliz nesses dez anos. Como se atreve a dizer que o que eu escolho é errado? Preciso lembrar que você mora em cima de um bar?

— Ah, fala sério! Eu moro em cima do *meu* bar. O que é totalmente diferente de morar com completos estranhos, de quem você precisa trancar sua porta e usar um porta-xampu como se estivesse em um dormitório de faculdade. Seu leite estava tão velho que estragou.

— Eu estive fora!

— Sim, mas você ficou fora por seis dias. Leite não estraga em seis dias.

— Bom, desculpa se eu não tenho um filho para cuidar, que beba leite regularmente.

Ela coloca as mãos nos quadris, e sei que está só piorando.

— Não tem nada a ver com ter um filho. Isso se chama vida.

— Só porque meu leite estragou, meu estilo de vida é inválido?

— Com que frequência você realmente fica nesse *abrigo temporário*?

— Você fala como se fosse algo ruim.

— Não é um lar. Você não teve um desde que saiu de Dixon. Fugiu de mim e nunca parou, não foi?

Ela inspira fundo e sei que atingi o X da questão.

— Que porra você quer dizer com isso?

Vou até ela.

— Você sabe exatamente o que quero dizer. Fugiu de mim porque não conseguiu lidar com a vida real. Com as coisas boas e ruins. Fugiu e ainda está fugindo. É por isso que esse lugar mal é uma casca do que você é. Nem mesmo acho que *você mesma* saiba quem você é.

Ela chega mais perto do meu rosto, e seus lábios tremem.

— Sei exatamente quem eu sou.

— Onde estão seus pais, Jolene? — eu a desafio. — Você disse que não tinha encontrado um lugar para espalhar as cinzas deles. Onde está sua família?

Ela vira o rosto para mim e cerra o maxilar. Seu olhar vai para a mesa de cabeceira.

Vou até lá, abro a gaveta e vejo três caixas pretas, cada uma contendo o nome de seus pais e da avó em placas bonitas.

— É aqui que você os deixa? Em uma porra de gaveta em um abrigo temporário no meio do Queens?

— Ah, me poupe. Só porque você escolheu a família, isso não te torna melhor do que eu.

— Pelo menos eu consigo permanecer perto. Quer saber? Talvez eu não queira alguém nessa vida em que está constantemente para cima e para baixo e nunca está por perto para celebrar os pequenos momentos na vida que partilhamos todos os dias.

— É uma pena que não goste, mas acho que não importa, porque você tem um avião para pegar. Foi ótimo, mas acabou o tempo. Boa viagem.

— Merda. — Passo os dedos pelos cabelos e respiro fundo. — Não foi o que quis dizer. Eu só... quero você de volta. Quero te dar a vida que você merece. Quero que saiba que não precisa destrancar três fechaduras quando chegar em casa e pode deixar seus produtos no banheiro sem ninguém os roubar. Quero te dar um lugar digno para sua família, como a cornija de uma lareira em vez de enfiados em uma gaveta.

Engulo em seco e temo ter ido longe demais. Queria que ela visse que só quero ajudá-la.

Ela dá um passo para trás e cruza os braços, se fechando.

— Você tem um voo para pegar.

Tem mais coisas que eu queria dizer, mas do que adianta? Ela tem o que chama de sua vida e eu tenho a minha — com o Luke.

Meu coração está partido por ela não chegar a viver o melhor da vida — estar com a família —, mas não é problema meu. Ela não vai deixar ser.

Me viro e pego minha mala. Na porta do quarto, paro e me viro para ela.

— Acho que finalmente eu tenho a chance de te deixar para trás. Espero que tenha uma boa vida.

Ela não diz nada enquanto vou em direção à sala e à porta da frente, abismado com quantas coisas aconteceram nos últimos dias, desde que Jolene voltou à minha vida. Foi só isso. Dias.

Agora é hora de deixá-los para trás e voltar para a minha vida real.

CAPÍTULO 17

Jolene

Que audácia a dele. A audácia descarada desse homem!

Seus passos são ensurdecedores enquanto ele anda pelo apartamento.

O som da porta fechando com o tinido do pega-ladrão é como uma bomba explodindo no meu coração. Fecho os olhos com força e resisto às lagrimas que ameaçam descer.

Não é vida? Como ele pôde dizer que isso não é vida? Como se a dele fosse melhor? Ele não tem uma casa porque dá tudo de si para sua ex, seu filho, seus pais. Eu deveria saber que São Zack jogaria isso na minha cara. *E colocar as cinzas da minha família nisso?*

Vou até a gaveta e estou prestes a fechá-la, quando olho para as placas que ficam no topo de cada caixa.

Paro e deslizo os dedos pelos seus nomes, sentindo as letras frias na pele.

— Sinto tanto a falta de vocês — sussurro, e as lágrimas começam a descer pelo meu rosto. — É tão ruim assim querer vocês por perto?

A caixa da minha mãe tem uma borboleta de vidro sobre ela. Eu a comprei em Veneza e a trouxe para ela.

— Sei que não planejava me deixar tão jovem, mas isso me levou a ter esse estilo de vida. Louco, não é? Também é divertido. Eu adoraria te levar a tantos lugares. Você teria adorado todos, mamãe.

Precisando ver seus rostos, vou até minha bolsa e puxo uma foto da minha carteira. É a única que levo comigo. Quase todo o resto das coisas que guardei da minha antiga casa estão no depósito. Essa foto é de nós cinco — mãe, pai, vovó, Zack e eu na noite do nosso baile da escola. Mamãe está com a mão na minha, papai está do outro lado dela e vovó, ao lado de Zack. O sorriso de todos, incluindo o meu, é grande e alegre. Animado pelo mundo à frente.

Mal sabíamos que tudo acabaria em questão de meses. Aqueles sorrisos desapareceram. As lembranças foram substituídas.

A mãe de Zack fez a mesma coisa quando tirou minha foto com Zack do ensino médio e a substituiu. Isso é o que acontece com a perda. Às vezes, você perde pessoas e cria um santuário. Outras, você as apaga, colocando memórias diferentes por cima delas.

Às vezes, você as coloca em uma gaveta porque não tem certeza de como deixá-las ir.

E, como sempre fiz, coloco a foto de volta na carteira, fecho a gaveta e ligo para a companhia aérea.

É hora de voltar a voar.

CAPÍTULO 18

Zack

Em todo o voo para casa, batalho internamente com o que aconteceu na última semana. Não podia acreditar que não fazia nem duas semanas que eu estava seguindo com a vida, vivendo-a da forma que queria, apenas para que ela virasse meu mundo inteiro de cabeça para baixo.

Estou feliz que pude lembrar exatamente por que nunca demos certo, antes que fosse tarde demais. Preciso voltar a odiá-la. Tenho que fazer isso. Era melhor quando ela era uma pasta armazenada no fundo da minha mente, intitulada *Nunca Mais*.

Quando saio do aeroporto, lembro da fatídica corrida de Uber e opto pelo BART[14], mesmo que eu leve vinte minutos a mais para chegar em casa, já que tenho que pegar um ônibus quando chegar na estação. Fiquei sem sorte quando escolhi não fazer isso da última vez em que estive aqui, então não quero arriscar, provavelmente nunca mais.

Preciso voltar para minha vida, quando não precisava de nada além do meu filho, do meu bar e dos meus pais. Olho para o relógio, animado de ver que poderei pegar Luke em apenas algumas horas.

O trajeto para casa é entorpecente, pois tento livrar meu cérebro de tudo o que aconteceu. Por sorte, quando finalmente chego ao bar, Stella está lá, estocando as coisas e se preparando para a correria da noite.

Passo por ela sem dizer nada. Quando ela me vê pelo espelho, aceno, levantando o queixo bem sério, e seus olhos baixam, balançando a cabeça. Ela continua cuidando de suas coisas, e eu subo para o escritório.

---

14 BART (Bay Area Rapid Transit) é um sistema público de transporte rápido que serve parte da área da Baía de São Francisco. (N. T.)

Agradeço por ela me dar meu espaço, mas, quando volto para baixo, depois de deixar minha mala, me sento no bar, esperando que ela invada minha vida pessoal com seus comentários. Para minha surpresa, ela pega uma cerveja, abre e a coloca na minha frente. Aceno com a cabeça agradecendo e dou um gole.

— Não vai perguntar? — Tiro o rótulo da garrafa, sem querer olhá-la nos olhos.

Ela pausa enquanto enxuga o copo com o pano de prato, colocando-o no balcão e abrindo os braços.

— Ah, eu quero perguntar. A questão é: você quer contar?

Eu finalmente a olho, vendo suas sobrancelhas bem arqueadas em interrogação enquanto espera que eu me decida. Stella e eu somos amigos já há algum tempo. Ela esteve presente durante meu término com a Natalie, o drama de criar um filho com alguém com quem você não se dá bem, a debilitação inevitável do meu pai, e agora... isso.

Sua expressão diz: *é melhor você não me fazer passar por toda aquela merda de novo*, e ela tem razão.

Ela é meu porto seguro. É muito mais do que uma funcionária, e eu realmente deveria lhe dar um aumento por toda a merda que teve que aguentar por causa da minha vida pessoal.

— Prometo que não terá que reviver nenhum drama que eu tenha feito você passar antes.

Dou um gole enquanto as lembranças me inundam, de ela ter que impedir Natalie de me atacar no meu bar quando eu disse a ela que iria batalhar pela guarda compartilhada do nosso filho. Ela queria guarda unilateral e pensão alimentícia. Eu não me importava com o dinheiro. Só queria meu filho.

Ela solta uma risada ríspida.

— Então quer dizer que Jolene não vai enviar menores de idade aqui tentando nos pegar por vender bebida alcóolica para eles?

Coloco os cotovelos no balcão, jogando a cabeça em direção ao peito. *Sim, isso também.*

Foi muito feio. Stella os pegou, mas não antes de nosso funcionário novo ter realmente lhes servido bebida. Enquanto ela os acompanhava até a porta, um policial que tinha sido "avisado" estava chegando no local.

— Ela não é tão louca quanto a Natalie. E eu agradeceria, caso veja a Jolene de novo, se você não tentasse furar os pneus do carro dela como fez com os da Natalie.

— Ah, fala sério. Foi engraçado. A Natalie era um pé no saco.

Confirmo com a cabeça e dou um longo gole. Não porque esteja pensando em Natalie, mas porque não consigo parar de ver o rosto de Jolene na minha cabeça.

Stella torce os lábios para o lado.

— Se quiser que eu fure os pneus da Jolene para você, ficarei feliz em fazê-lo.

— Não, ela nunca mais vai voltar aqui. Ela mora em Nova York.

— E isso importa, considerando que ela é comissária de bordo?

Eu aperto os olhos.

— Ela passa a vida em hotéis, viajando para fusos horários diferentes todos os dias. Ela pode levar essa vida, e eu vou levar a minha.

— Você a está punindo por ter um emprego?

— O quê? Não. Comissárias de bordo são incríveis. Não é o que ela faz para viver. É *como* ela vive. Stella, você precisava ver o apartamento dela, era...

— Você a está julgando com base no apartamento?

Observo o olhar de Stella e seus braços cruzados no peito. Meu maxilar trava com a ideia de ela achar que eu fosse capaz de fazer isso.

— Jolene não quer um lar. Ela quer viajar e viver de uma mala e estar em uma cidade diferente a cada noite. O estilo de vida dela e o meu são extremos opostos. Nunca daria certo.

Stella assente devagar, contraindo os lábios.

— Então é isso que você está dizendo para si mesmo, né?

Eu a olho.

— Não estou dizendo isso para mim mesmo. É a verdade.

Ela estreita o olhar para mim.

— Olha, sei do seu passado com ela. E vi você quando ela estava por perto. É difícil lidar com alguém quando há uma história, mas ela te faz sorrir, Zack. Sorrir de verdade. Uma mulher não fez isso com você nesses cinco anos em que somos amigos. Naquela noite em que você a trouxe aqui pela primeira vez, depois que ficou ruminando no seu escritório com uma garrafa de uísque, eu te vi descendo quando ela estava falando com aquele cara no bar. Você a reclamou para si com os olhos antes mesmo de abordá-la. E a forma como vocês dois estavam sentados aqui, conversando, nunca te vi olhar para ninguém daquela forma. Ah, sem falar nos sons vindos do seu escritório...

— Cuidado, Stella.

Ela ri entre os dentes.

— Só estou dizendo: quando se tem uma conexão assim, fusos horários e distância não querem dizer nada.

— Sim, mas estilos de vida querem.

Ela pensa sobre isso por um breve segundo antes de dar de ombros.

— Talvez você esteja certo, mas talvez esteja errado. Porra, Zack. Só se passou o quê, uma semana? Você não esperava que ela alterasse a vida inteira e se mudasse para São Francisco depois de alguns dias, né? Deixe o pensamento de vê-la de novo ser absorvido antes de rejeitar a ideia.

Ela dá dois tapinhas no balcão antes de ir embora, me deixando com meus pensamentos enquanto termino a cerveja, querendo outra instantaneamente.

Recebo uma mensagem de Natalie dizendo que já estão chegando e me levanto da mesa com o mesmo entusiasmo que se tivesse acabado de ganhar na loteria.

Ainda bem que Luke finalmente chegou em casa!

Preciso da normalidade que ele traz de volta para a minha vida mais do que nunca. Pegando minhas chaves, desço as escadas, pronto para ir direto à casa dela, para estar lá antes de eles chegarem.

Entro no carro e sou instantaneamente arrebatado pelo cheiro do perfume de Jolene. O aroma doce me paralisa. Fecho os olhos e deixo ele se derreter em mim. O vazio me absorve enquanto balanço a cabeça e ligo o motor.

Ela foi embora — de novo — e estou aqui para seguir com a minha vida. Por que continuo tendo déjà vus mesmo que eu é que tenha ido embora dessa vez?

Ligo o rádio, distraindo meus pensamentos. Saio do estacionamento e deixo os pensamentos abandonarem minha mente.

Estou lá quando Natalie chega em casa, e Luke é rápido ao pular do banco de trás do carro, correndo em minha direção.

— Pai, pai! Olha o que eu ganhei!

Ele segura um foguete e começa a movê-lo pelo ar, me fazendo rir com alegria.

— Cara, que legal! — Eu o envolvo com meus braços, levantando-o e o girando no ar.

Sua felicidade é minha razão número um de viver. Ele é meu mundo. O amor que tenho por ele jamais poderia ser superado, nem mesmo pela mulher que acabou de partir meu coração.

Ele ri e eu o coloco no chão.

— A mamãe disse que eu poderia escolher um brinquedo especial enquanto estivéssemos lá. Vi esse na Tomorrowland e me lembrou da sua amiga Jolene. Se eu não for para as Major Leagues[15], talvez eu possa ser piloto de avião.

— Isso é um foguete. Você teria que ser astronauta para pilotar isso.

— Nah. Piloto é muito mais legal. Né, mãe? — Ele olha para Natalie, que está dando a volta em seu carro, vindo em nossa direção.

— Que ótimo — digo a ele e aceno para Natalie.

Ela sabe que Jolene foi meu primeiro amor e a razão principal de eu nunca ter conseguido lhe dar meu coração por inteiro. Sei que apenas a menção de seu nome vindo da boca de Luke cortou o clima da viagem. Criar um filho juntos pode ser difícil, mas finalmente sinto que respeitamos um ao outro e como cada um de nós dois quer criar o Luke.

Olho para o relógio.

— Que tal irmos jantar? Está com fome? — Ele me olha com uma expressão de "dãã", e rio baixinho antes de me virar para Natalie. — Quer vir com a gente?

Seus olhos se arregalam. Claramente meu convite foi uma surpresa.

Ela balança a cabeça.

---

15   As Major Leagues são o nível mais alto de beisebol profissional nos Estados Unidos. (N. T.)

— Agradeço, mas, depois de comer fora em todas as refeições nesses últimos dias, estou morrendo de vontade de comer comida caseira. Divirtam-se. Vejo vocês em mais ou menos uma hora? — Ela arqueia as sobrancelhas em confirmação.

Faço um sinal afirmativo e coloco as mãos nos ombros de Luke.

— Sim, eu o trago de volta em breve, para ele ficar pronto para dormir no horário.

Luke se despede da mãe com um abraço antes de correr para o meu carro.

Quando ele abre a porta, percebo a mudança em sua atitude quando pergunta:

— Cadê a Jolene?

Expiro com força antes de tentar disfarçar:

— Você achou que ela estaria no carro esperando pela gente?

— Achei.

Balanço a cabeça lentamente enquanto entro no carro e coloco meu cinto.

— Desculpe, amigão. Ela voltou para casa. Só estava aqui por alguns dias.

— Poxa. Achei que você *finalmente* tivesse arranjado uma namorada.

Me viro em sua direção e solto uma risada sarcástica.

— O que você quer dizer com *finalmente*?

Ele baixa a cabeça, me olhando pelos seus cílios pequenos.

— Pai, eu tenho uma namorada e você não. Você não vê problema nisso?

— Uau, você tem namorada? — *Isso é uma surpresa.*

Um sorriso bobo aparece em seu rosto.

— Claro que tenho. Eu fico com todas as meninas. — Ele mal consegue conter o riso enquanto diz essa última parte, e isso me faz rir junto.

Esse menino me mata de rir de inúmeras formas.

Quando matriculamos Luke no acampamento de robótica em um museu local algumas semanas atrás, achei que fosse uma ótima ideia. Achei que poderia focar no trabalho, ele aprenderia coisas novas e se divertiria com os amigos, e poderíamos sair juntos depois, como em um dia letivo normal durante o verão.

Cara, como me arrependo dessa decisão agora.

Estou em casa há dois dias, e se não estou com Luke, estou me afundando em autopiedade. Simplesmente não consigo tirar aquela briga com Jolene da cabeça.

Minha mente analisa cada palavra dita, pensando no que eu queria dizer e percebendo como eu realmente disse. Devo ter soado como um completo babaca, mas isso não anula o meu argumento. Vê-la viver daquela forma partiu meu coração. Ela não pode ser realmente feliz vivendo assim.

Será que pode?

Estou fazendo o inventário atrás do balcão — pela terceira vez hoje, diga-se de passagem — quando a porta da frente se abre.

— Desculpe, só abrimos em algumas horas — eu digo de longe.

Quando olho para a frente, vejo meu pai entrando e fechando a velha porta de madeira.

Ele só esteve aqui uma vez — quando comemoramos minha compra. No mais, ele nunca pôs os pés no meu bar. Nunca houve uma razão para ele fazê-lo. Eu vou lá, eles não vêm aqui.

— Onde está a mamãe? — pergunto, surpreso em vê-lo.

— Em casa, fazendo torta.

— Pai, o senhor sabe que eu odeio quando dirige para a cidade.

Ele faz um gesto com a mão, desconsiderando o que digo.

— Deixe um homem ser homem enquanto pode, ok, filho? — Ele vai em direção a um dos bancos do balcão do bar.

— Agora pegue uma bebida para o seu pai e se sente.

Pego o banco que está com uma caixa cheia de Coronas em cima e coloco as garrafas no chão, mas não antes de abrir duas delas, uma para mim e outra para ele. Coloco uma garrafa do outro lado do balcão e me sento, dando um gole enquanto espero o que está por vir.

Ele vem até mim lentamente, colocando sua bengala na beira do balcão, e se ajeita em seu assento. Brindamos com as cervejas e cada um dá um gole.

Ele me olha por alguns instantes e finalmente baixo a cabeça, percebendo que ele está esperando que eu comece a falar.

— Não há por que se preocupar. Estou bem — digo, antes de dar outro gole.

Ele arqueia as sobrancelhas.

— Tem certeza?

— Por que não teria?

— Você passou uma semana com a garota que partiu seu coração anos atrás e depois voltou como se a vida fosse continuar como se nunca a tivesse visto. Eu acho que é conversa fiada. O que aconteceu?

— Por que acha que aconteceu alguma coisa?

— Porque Luke e eu conversamos. Ele estava animado de ver que você finalmente tinha uma namorada.

Eu rio baixinho.

— Sim, ele me falou isso. Não é uma coisa boa que eu não fique me exibindo com várias mulheres na frente dele?

— Sim, é bom que você não faça isso, mas também não é bom mostrar para ele que esteve sozinho por todo esse tempo. Crianças precisam ver exemplos de relacionamentos bons e saudáveis enquanto crescem. Fico feliz que você e Natalie estejam se dando bem agora, mas como o garoto vai ver como um casal realmente age?

Inclino minha garrafa em sua direção.

— É para isso que ele tem o senhor. Ele vê a maneira como o senhor e a mamãe são juntos. Não é suficiente?

Ele suspira, balançando a cabeça.

— Não sei, filho, me diga você. É suficiente? Essa vida é suficiente? Acho que teve uma amostra do que sua vida poderia ser, e é por isso que estou aqui agora. Se você for como eu, então não é suficiente. Não importa o quanto lute contra, você precisa de uma parceira na vida. A pessoa com quem quer acordar e passar tempo sem fazer nada juntos. A pessoa que finalmente substitui uma sala cheia de amigos na véspera de Ano-Novo porque não há mais ninguém com quem preferia estar.

Ele para, deixando que eu absorva tudo.

Minha cabeça cai em direção ao peito. Ele tem razão. O Ano-Novo é daqui a alguns meses, mas, quando penso nessa noite e em ficar em um bar lotado, como faço todo ano, é solitário. Me sentar no sofá com Jolene nos braços e ver a Ano-Novo chegar na Times Square, pela TV, antes de beijá-la até ela ficar sem fôlego parece a noite perfeita.

Meu peito dói ao pensar nisso.

— Ok, fico feliz de ver que te fiz perceber. Agora a questão é: o que você vai fazer em relação a isso?

— O que eu posso fazer? Ela escolheu a vida dela anos atrás. Uma vida que não me inclui. Nada mudou.

— Tem certeza disso?

— O senhor a está vendo aqui? — Abro os braços, o que me dá uma expressão apática que me diz que fui um idiota a vida toda. Suspiro, passando os dedos pelo rosto. — Tentei fazê-la mudar de ideia. Eu disse para ela voltar comigo.

— Você *disse*?

— Sim. Eu disse que queria que ela voltasse comigo. Eu moro aqui, com o Luke.

Vejo sua mão tremer e sei que, se eu não estivesse do outro lado do balcão, levaria um tapa do lado da cabeça como em todas as vezes em que ele sabe que preciso de bom senso.

— Esse é o seu problema. Você não *diz* para uma mulher fazer nada. Você conversa com ela, para que descubram seu futuro juntos. Isso é um relacionamento de verdade. Você não pode dizer para ela abandonar a vida dela e deixar tudo para trás, assim como ela não pode te pedir para desistir do seu bar e se mudar para lá.

— Mas eu tenho Luke aqui; é completamente diferente — eu me defendo.

— Sim, mas, mesmo que não tivesse, como se sentiria se ela viesse aqui e lhe dissesse para vender tudo e se mudar para Nova York?

— Eu tenho o senhor e a mamãe, e ela tem...

Quando Jolene perdeu os pais, presumi que os meus seriam suficientes. Quando sua avó não conseguia mais lembrar dela, achei que seus amigos seriam o suficiente. Quando não havia mais ninguém, achei que meu amor seria suficiente.

Estava tão focado em mim mesmo que nunca pensei no que ela estava passando.

Queria minhas respostas e as consegui. Entendo sua dor agora e não a culpo pelo que ela sente. Esse tipo de perda é assustador, e é o que me faz dirigir para ajudar meu pai antes que eu o perca.

Meu pai me dá um tapinha na cabeça.

— Pare de agir como um garoto de dezoito anos e pense como um homem.

— "Quando você pensa com o coração, está amando alguém apenas pela maneira como ela te faz sentir. Viver para alguém significa que você está para o que der e vier" — repito as palavras que ele me disse pouco tempo atrás.

— Uma pessoa muito sábia deve ter dito isso para você.

— Foi um velho intrometido com uma bengala — eu digo com um sorriso. — Então, como um homem deve pensar nessa situação?

— Lembre-se de que ela é uma mulher que viveu muito bem sem você por dez anos.

— Nesse caso, o senhor está dizendo que é tudo inútil, e que nunca vamos ficar juntos porque ela não precisa de mim.

— Tem razão. Ela não precisa.

— Então por que está forçando tanto essa situação?

Ele respira fundo, e seus ombros balançam um pouco com a ação.

— Quando eu a vi em Dixon, percebi algo de diferente nela. Anos atrás, ela tinha um olhar específico. Como se estivesse pronta para pular para a próxima aventura. É uma das coisas que eu adorava nela. Ela tinha um espírito frenético. Era contagiante, mas, dessa vez, algo estava diferente. Seus olhos estavam um pouco tristes e um tanto esperançosos. Pela primeira vez, não parecia que ela queria ir embora. Senti que ela queria ficar.

— Em Dixon? Nunca. — Me inclino para trás e balanço a cabeça.

— Não, não em Dixon. Com você.

Passando a mão pelos cabelos, tento pensar em todas as coisas que estão certas e erradas com o que ele disse. Com o que eu disse a Jolene. Com o que ele acabou de dizer.

— Não posso simplesmente pegar o próximo avião e ir até ela. Não sei onde ela está, e mesmo se eu stalkeasse o apartamento dela até ela voltar para casa, não saberia como fazer dar certo.

— Você quer fazer dar certo?

Não me leva mais de um segundo para responder:

— Quero.

— Então espere por ela. — Suas palavras me tomam de surpresa, assim como a maneira como ele aponta para o meu braço. — Essa tatuagem que você tem no braço, a que sua mãe odeia, tem mais significado agora do que antes, quando você a fez. Deixe-a voar de volta para você, mas, dessa vez, deixe que seja de propósito. E, quando ela voltar, vocês vão dar um jeito.

— Você parece tão certo de que ela vai voltar.

— Beija-flores sempre voltam para o néctar mais doce — diz ele com um sorriso.

— Eu sou bem doce — provoco, embora soubesse que seria extremamente difícil para mim só ficar aqui esperando. — E se ela não voltar?

— Então não volta. — Suas palavras são como gelo no meu coração. — Mas, se voltar, viva um dia de cada vez. Viva no presente, não no passado. Você não pode ser tudo ou nada e simplesmente ir embora assim. Se fizer isso, então terá sido tudo em vão. Esse não é o tipo de filho que eu criei. O filho que criei não desiste do amor.

CAPÍTULO 19

Jolene

Depois de passar por todas as medidas de segurança, me sento no *jump seat*, que é mais do que desconfortável e me empurra com força nas costas. Temos um voo lotado, então a viagem para Londres vai ser longa, com esse sendo meu único lugar para sentar. Algumas das garotas e eu nos revezamos para nos sentarmos nos contêineres que trazem a comida que servimos, mas, tirando isso, meus pés vão doer quando isso tudo acabar.

Como os horários já estavam todos definidos, tive que implorar a uma das minhas amigas por esse voo. Ela sabia que esse seria um serviço de merda com pouco tempo de permanência, então sinceramente não precisou de muita pressão. Eu estava desesperada para voltar a voar e esquecer da semana passada.

Ao olhar ao redor, sorrio, sabendo que mesmo que minhas costas doam e que seja difícil me acomodar no pequeno assento dobrável, é onde me sinto livre e aqui eu nunca estou só.

O voo tem seus altos e baixos como de costume, com passageiros com necessidades diversas e crianças chorando, mas felizmente a maioria das pessoas dormiu durante todo o voo noturno. Depois que servimos o café da manhã, percebo que algumas crianças estão começando a ficar agitadas. Quando pego o papel-alumínio para ir na direção delas, algo me atinge no estômago, e meus pés param. A última vez que fiz um desses foi para o Luke. Ele achou meu truque bobo incrível. Tinha esse sorriso contagiante no rosto e...

Coloco o papel-alumínio na gaveta. Em vez disso, pego os livros de colorir e giz de cera da minha bolsa e os ofereço para os pais bastante agradecidos, esperando que isso os mantenha calmos pelo restante do nosso tempo aqui.

Quando saímos do voo, vejo Paul — sim, Paul, o piloto que dormiu com minha colega de trabalho *depois* do nosso encontro — andando pelo terminal. Aquele sorriso convencido me saúda enquanto me aproximo.

— Ora se não é uma surpresa agradável! Parece que o destino nos uniu, mesmo depois de você não retornar minhas ligações na última vez que estivemos juntos no mesmo fuso horário.

Eu rio com desdém. Destino. Rá! O destino e eu não somos amigos agora, e esse pequeno encontro prova isso.

Passo direto por ele.

— Não as retornei por um motivo, Paul. Tenha uma boa vida.

Ele corre atrás de mim.

— Ah, qual é, Jolene? Tivemos bons momentos, com muitas coisas boas por vir. Por que não terminamos o que começamos?

Eu paro e me viro para ele.

— Eu me lembro de você passar *bons momentos* com outra pessoa.

Ele balança a cabeça com um sorriso suave e tenta colocar uma mecha do meu cabelo atrás da orelha. Eu empurro sua mão.

— Gata, você sabe como é. Já voa há bastante tempo. Nada é sério quando se vive como nós. Só precisa encontrar alguém que te ajude a passar o tempo até que esteja no ar de novo. Curtir a pequena fuga da realidade que temos que viver todos os dias.

Meu estômago revira com cada palavra porque ele realmente acredita no que está dizendo. Graças a Deus não cheguei a transar com ele. Para mim, ele era algo mais do que alguém para passar o tempo. Estava indo devagar, me perguntando se finalmente encontraria alguém que me entendia e entendia meu estilo de vida. E, pensando de novo agora, vejo como fui idiota.

Balanço a cabeça, fechando os olhos, tentando me livrar dos momentos que passamos juntos antes de descobrir que ele tinha fodido outra comissária em uma volta para a Flórida no banheiro do aeroporto.

— Então por que tentou fazer com que parecesse que estávamos saindo?

— Eu gostava do joguinho de gato e rato que estava rolando. Percebi que estávamos sempre nos mesmos lugares, então esperava que fosse algo regular. —

Ele dá de ombros, indiferente. — Sabe, às vezes, é mais fácil saber quem você vai foder quando chega no seu destino, então não tem que sair procurando quando já estiver exausto.

Arregalo os olhos e eu juro: se não estivesse de uniforme, parada no meio do Aeroporto de Heathrow, daria uma tapa nele agora mesmo. Faço o maior esforço possível para me virar e ir embora, esperando não perder a cabeça. Ele dá um grito patético me chamando, mas não continua.

Graças a Deus, e já vai tarde!

Durante o trajeto inteiro para o hotel, estou furiosa. *Como pude ser tão idiota?*

Quando chego no meu quarto, faço os mesmos rituais sempre que entro em um novo. Coloco o controle remoto na bolsinha *ziploc* que trouxe para me salvar de quaisquer germes que possam ter permanecido nele. Tiro a capa do edredom e pego o cobertor que pedi para a camareira trazer.

Quando já se esteve em tantos quartos de hotel quanto eu, você começa a realmente ver como eles são sujos e, se tem uma coisa que nunca é lavada, é a colcha. A maioria das políticas de hotéis diz que, se ela deixar o quarto, precisa ser lavada, por isso sempre peço uma nova.

Depois de colocar meu próprio papel higiênico no suporte, olho para o espelho. Já fiz isso mil vezes antes, mas algo não me parece certo agora. As palavras de Paul ressoam na minha cabeça.

Nada é sério quando se vive como nós.

Saio do banheiro e dou uma olhada ao meu redor. Devo ter ficado nesse hotel umas cem vezes. Sei em qual canal passam os programas que quero assistir e onde é a Starbucks mais próxima sem nem ter que procurar no meu celular. Sempre tenho euros e libras na minha bolsa. Caramba, às vezes, tenho mais euros do que dólares.

A mala chama minha atenção. As laterais estão começando a ficar gastas e uma das rodas tem me dado dor de cabeça. Vou até ela e a abro, procurando em seu interior. Tiro todas as coisas de dentro, uma por uma, sacudindo as roupas até que as coloco todas na cama, agora sem forro.

Não consigo lembrar da última vez que vi tudo o que tinha na minha mala. Eu nem a desfaço. Vivi dessa mala pelos últimos dez anos, e enquanto procuro, encontro coisas enfiadas nos cantos das quais tinha esquecido completamente. O colar que jurava ter deixado na Espanha estava embaixo do bolso de zíper, e um folder de museu de quando fui ao Louvre pela primeira vez estava no fundo do bolso da frente. Embaixo das minhas roupas tem um botão de pressão que leva a um compartimento secreto, onde guardo dinheiro extra caso perca a carteira. Nele há algumas fotos e recordações que as pessoas me deram ao longo dos anos. Uma foto de Polaroid minha pulando de um penhasco em Mallorca, outra andando de elefante na Tailândia. Ah, e aqui outra de quando fui até a Muralha da China. A maioria das minhas fotos está no meu iCloud, mas ter uma foto impressa é especial de verdade.

São o tipo de fotos que você emoldura e coloca na sua casa.

Quando tudo está fora da mala e na minha frente, me jogo na cama.

Essa é a minha vida.

Isso, bem aqui, é basicamente tudo o que eu tenho, abarrotado nessa pequena mala. Algumas coisas completamente esquecidas. Isso mostra como significavam pouco para mim, embora sejam tudo o que tenho.

Todos esses anos, tenho vivido meu sonho, viajando pelo mundo. Em escalas longas, me aventuro e visito os lugares, sozinha ou com outros comissários ou pilotos. Da maioria deles, eu sequer sei o sobrenome ou como suas vidas realmente são em casa. Claro, há risadas, e tive minha cota de "Fala que eu te escuto", ouvindo os dramas de relacionamentos dos outros, ainda que na superfície.

Não temos conversas aprofundadas sobre coisas significativas.

Acredite ou não, tive mais dessas com passageiros. Aquelas curtas conversas com pessoas que nunca verei novamente me permitiram conhecer a vida dos outros: o que fazem da vida, suas famílias, questões de saúde, medos e objetivos. Essas foram a melhor parte da minha jornada. Foi como conheci Nonna e muitos outros pelo caminho.

Até mesmo essas relações são passageiras.

Na maioria das vezes, como neste voo, o tempo de permanência é curto. Eu simplesmente apago essas memórias, e logo estou pronta para o longo voo de volta para casa.

A única amiga de verdade que tenho é Monica, e ela está...

Eu suspiro e me jogo contra os cobertores.

Ela voltou para casa.

Passei dez anos viajando pelo mundo e conhecendo pessoas novas, mas as únicas de quem sou realmente amiga são Nonna e Monica. Monica está envolvida com seu casamento e o filho, então focamos principalmente em sua vida, e Nonna, ao mesmo tempo em que é uma das minhas pessoas preferidas no mundo, tem idade para ser minha avó. Tendo a guardar dela muitas das dúvidas que tenho sobre mim.

Não tenho nenhum amigo de verdade em Nova York. Passei todos os feriados e datas comemorativas no ar, optando por substituir as pessoas que têm filhos para que possam ficar com eles. Digo para mim mesma que faço isso porque é a coisa certa, mas, na verdade, é porque não tenho ninguém para estar comigo. Por que eu deveria ficar em casa, sozinha, na véspera de Natal quando eles poderiam estar com suas famílias?

Monica já me convidou para suas festas em família, mas eu sempre recuso. No fundo, sei que é porque é difícil demais para mim, mas gosto de fingir que estou fazendo o bem para meus colegas de trabalho.

Me tornei dormente para o mundo ao meu redor. Até agora.

Zack me abriu os olhos.

E eu o odeio por isso.

Odeio que ele tenha me feito sentir de novo. Sentir o que é ter alguém para me abraçar à noite, cuidar de mim quando estou doente e fazer meu lanche da madrugada preferido antes mesmo de eu dizer que estou com fome. Alguém que confia em mim o suficiente para embarcar em uma aventura sem nenhuma ideia do que vamos fazer.

Alguém em que eu confie. Confiei nele para me levar de volta a Dixon e não me deixar desmoronar. E ele confiou em mim ao me apresentar ao seu filho.

Ele me deixou entrar em seu mundo e eu o deixei entrar no meu.

Amo os dois igualmente.

Só que o meu de repente está parecendo vazio no momento.

Por isso eu o odeio.

Odeio Zack Hunt por provocar essa dor no meu estômago. Quando o deixei muito tempo atrás, eu era uma criança largando seu amor juvenil. Poderia fingir que era o melhor. Fingir que o futuro que visualizamos era um conto de fadas e não tão incrível quanto minha imaginação o tinha evocado para ser.

Claro que não era. Ele era muito mais.

Incrivelmente lindo. Amável e forte. Atencioso, um filho leal, um pai incrível e um amante generoso.

Meu Deus, por que ele tinha que ser o pacote completo?

Ele questionou minha vida. Uma vida com a qual eu não tinha problemas, e agora...

Não sei se posso reprimir esse sentimento, enterrá-lo de novo.

Então, me encolho e faço a única coisa que não me permito fazer quando me sinto sozinha.

Eu choro.

Uma vez de volta a Nova York, o sentimento de vazio não vai embora.

Entro no meu apartamento e vejo uma garota que não conheço, de pé no balcão da minha cozinha.

— Ah, oi — eu digo, parando.

— Oi! Meu nome é Shawnee. — Seu sotaque sulista é gritante, e seu cabelo loiro balança com sua atitude animada. A garota praticamente adolescente estende a mão para mim.

— Jolene. — Damos um aperto de mãos e olho em volta do apartamento. — Com quem você está aqui?

— Sou a nova inquilina. Peguei minha chave semana passada. Acabei de terminar meu treinamento para a companhia aérea e ouvi dizer que havia uma cama vaga neste apartamento. Isso é tão legal! Estou muito animada por estar aqui. Ai, meu Deus, estou na cidade grande! Nunca estive aqui antes.

Sua energia é extraordinária, e o fato de ela ser tão jovem faz com que eu recue. Todo jovem que colocam aqui não dura muito. Morar em Nova York pode te devorar vivo, especialmente se você estiver deslumbrado como ela está agora.

Eles querem sair e ir para as festas, mas essa é a última coisa que você pode fazer quando trabalha até as três da manhã. E quando não têm que trabalhar até essa hora, ficam fora a noite toda, vivendo sem os pais ou regras pela primeira vez e trazendo pessoas aleatórias para o apartamento.

— Então vamos sair. Você tem um lugar preferido? — Ela se inclina para a frente com os olhos arregalados. — Onde é a melhor balada?

Tento esconder meus pensamentos. Só porque ela se parece com todos os outros não significa que seja como eles. Só não estou no clima agora.

— Desculpe, mas passei os últimos dias indo e voltando de Londres e estou exausta. Podemos deixar para outro dia? Eu realmente queria dormir um pouco agora.

Ela dá um passo para trás, a sinceridade estampada em seu rosto.

— Ah, sim. Me desculpe. Eu deveria ter percebido. — Ela dá de ombros, e um sorriso se abre em seu rosto. — Acho que essa também é a minha vida agora. Quando é seu próximo voo?

— Tenho dois dias de folga e então farei um voo rápido para Savannah.

Seus olhos se iluminam.

— Sério? Eu sou de lá. — Ela olha para baixo enquanto mexe com as mãos. — É um pouco estranho eu não ter conseguido um voo para lá ainda. Estava esperando que, depois que eu tivesse uma base estável aqui, pudesse solicitar esse voo.

Sua tristeza me acerta em cheio. Lembro de que, quando comecei a viajar para todo lugar, não tinha muita certeza de como me sentia com relação a isso. Saber que eu não tinha um lar para onde voltar ajudava muito.

Não sei por que, mas levo minha mão até a dela, oferecendo-lhe um pouco de conforto nesse momento.

— Espere um mês ou dois. Depois que tiver alguns voos na manga, poderá começar a pedir mais. Para onde é seu próximo voo?

Ela procura na bolsa e tira o celular, que contém seus próximos serviços.

— Viajo para São Francisco depois de amanhã. Passamos a noite e voltamos para cá no dia seguinte.

Minha respiração para só de ouvir falar em São Francisco. Minha mente instantaneamente pensa "essa é minha casa" e fecho os olhos com o pensamento. Depois de respirar fundo, abro os olhos para encontrar Shawnee com a cabeça inclinada, me olhando com cautela.

— Você está bem? — ela pergunta, seu sotaque sulista ainda mais forte com a pergunta.

Sei que ela é uma completa estranha e eu estou exausta, mas, por alguma razão, me pego dizendo:

— Na verdade, não. Quer sair para tomar um café?

Ela ri docemente.

— Claro, você parece estar precisando conversar com alguém.

Confirmo com a cabeça porque eu realmente poderia aproveitar essa oportunidade para não estar sozinha agora.

— Eu adoraria. Deixa eu guardar minhas coisas.

Vamos até o café mais próximo, onde conto minha vida inteira para a garota que acabei de conhecer.

Conto tudo para ela. Sobre Zack. Meus pais. Os últimos dez anos. Meus pensamentos mais íntimos e profundos e, claro, a semana passada. Por quê? Não tenho certeza. Acho que, pela primeira vez em muito tempo, só preciso conversar.

— Menina — diz ela, balançando a cabeça com um sorriso —, você precisa ir até ele. Não pode me dizer que não foi o destino te dando um tapa bem no meio da cara. Ele é sua alma gêmea. Você não pode lutar contra isso.

— Você faz isso soar mais romântico do que realmente é.

— Você deveria estar vivendo feliz para sempre com o homem dos seus sonhos. Ele claramente nunca deixou de te amar. Caramba, ele que te convidou para o bar dele... e então para a cama. Não se esqueça disso — ela declara, com o dedo em riste.

Esfrego os lábios um no outro, tentando não imaginar a sensação dele apertado contra mim. Aquela intensidade do começo foi eletrizante. Minha pele ainda está vibrando, e faz dias que ele me tocou pela última vez.

— Deixa eu te fazer uma pergunta. — Ela coloca a mão na minha e levanta as sobrancelhas. — Nos últimos dez anos, houve algum cara a quem você não comparasse instantaneamente com ele?

Balanço a cabeça em negativa.

— Nunca houve alguém que estivesse à altura do Zack.

— Então aí está sua resposta. Você também nunca deixou de amá-lo.

— Amar o Zack é fácil. Superar o passado foi factível. Seguir em frente com nossas vidas extremamente afastadas é o que está nos distanciando.

— Ah, isso é conversa fiada! — Ela dá um gritinho e coloca a mão na boca. —Desculpa eu tomar essa liberdade toda, mas, falando sério, você não pode decidir se algo vai dar certo se nem mesmo tentar. Não era seu momento naquela época. Talvez agora seja, mas nunca vai saber a menos que vá até ele. Do que você está correndo?

Sua pergunta me surpreende. É o que Zack alega que estou fazendo todos esses anos. Fugindo.

— Na verdade, voando — brinco de leve.

— De quê?

Essa é a pergunta de um milhão de dólares.

Quando saí de Dixon, foi pela promessa de aventura e uma fuga fácil da perda que estava me corroendo por dentro. Me mantive longe porque achei que Zack tivesse seguido em frente. A autopreservação bate fácil quando se está lidando com um coração partido. Agora sei que ele não seguiu, mas ainda estou fugindo dele.

Estive pelas companhias aéreas tempo suficiente para saber que mulheres podem ser comissárias de bordo e ter família. Claro, muitas não viajam tanto quanto eu. A maioria faz viagens diurnas, para que não fiquem fora por períodos longos. Sei que ter uma base diferente de Nova York ainda me levaria a destinos incríveis.

Mas eu voaria para longe dele o tempo todo.

— Solidão — respondo com sinceridade.

Ela franze a testa, confusa.

— Meus pais morreram, minha avó não me reconhecia mais e então Zack conheceu outra pessoa. No intervalo de um ano, meu coração se partiu mais vezes do que pude suportar, e tenho medo de que um dia ele acorde e me deixe. Então estarei sozinha. De novo.

Shawnee pega minha mão e a aperta com força.

— Ah, querida, isso não é vida. Nunca ouviu a frase: *É melhor ter amado e perdido do que nunca ter amado?*

— Se eu o perdesse, eu...

— Você já sabe como viver só. Já vem fazendo isso. O que não vem fazendo é dar uma chance à esperança. Não tem dado a si mesma uma chance.

No fim das contas, eu não deveria julgar um livro pela capa. Shawnee é mais genuína e demonstra mais preocupação por mim do que imaginei. Acho que deveria começar a me abrir mais para as pessoas.

— Fique com o meu voo para São Francisco — ela declara. — E eu fico com o seu para a Geórgia. — Seu tom de voz se eleva com expectativa.

Ela pega o celular, verificando seu horário.

— Podemos fazer isso, não é?

Confirmo com a cabeça lentamente enquanto absorvo a ideia. *Eu poderia voltar para São Francisco? O que eu diria? Ele sequer iria me querer lá?*

— Não tenha medo de buscar o amor. — Ela me chama para o presente e para fora dos meus pensamentos. Ela tem razão. Eu não devo ter medo. *O que tenho a perder?*

Fecho os olhos e respiro fundo.

Ele. Ele é o que eu poderia perder, mas, desta vez, para sempre.

— Obrigada pela conversa. Você vai ser ótima no ar. Os passageiros precisam de um rosto amigo. Não deixe o stress da profissão te mudar — eu digo a ela.

— Não acho que isso vá acontecer. Sou de uma cidade pequena e estou pronta para ver o mundo. A única razão que eu teria para voltar seria para ver minha família. Eles são a coisa mais importante da minha vida. Enquanto eles estiverem onde precisam estar, eu posso estar onde eu preciso estar, entende?

Suas palavras são mais sábias do que ela imagina.

— Na verdade, agora, sei disso mais do que nunca.

Depois que voltamos para o apartamento, vamos para nossos quartos. Acendo a luminária e me sento na cama. Meu quarto parece menor. As paredes, mais opacas. O ar parece mais parado.

Ao abrir a gaveta da mesa de cabeceira, olho para as três caixas e baixo a cabeça. Quando a levanto, é com uma lágrima descendo pelo rosto. É uma lágrima de tristeza, mas também de alívio. Porque, pela primeira vez desde que perdi minha família, sei exatamente onde quero que descansem.

CAPÍTULO 20
Zach

Esperava que voltar a Dixon e trabalhar na oficina do meu pai me manteria distraído de pensar na Jolene.

Eu estava errado.

Continuava ouvindo as palavras do meu pai na minha cabeça. Sabia que esperar era difícil, mas não fazia ideia de que ficaria tão mal. Quero ligar para ela, mas sei que ela precisa vir até mim.

Todas as noites, segurei meu celular, esperando que tocasse. Nunca aconteceu.

Todo dia que passa é outro dia que estou tentando esquecê-la e seguir em frente. Já fiz isso antes; consigo fazer de novo.

Meu pai foi para casa em seu horário de costume, logo quando o efeito dos seus remédios começou a passar, e eu disse para o último funcionário ir para casa, já que não estou com pressa de ir a nenhum lugar esta noite.

Estou prestes a fechar e todas as vagas da oficina estão fechadas. Estou limpando a bancada quando vejo um Toyota Camry estacionar. Limpo as mãos e vou em direção ao escritório, pronto para dizer à pessoa que terá que voltar amanhã.

Quando abro a porta, sinto um aperto no peito com a visão da mulher mais linda que já vi, de pé em nossa sala de espera, com minha jaqueta *letterman* nos braços.

Ela a estava vestindo da última vez que a vi. Por anos, me perguntei sobre o que aconteceu com ela e se ela a guardou ou se a jogou de um penhasco. Vê-la em suas mãos faz as minhas doerem com o desejo de abraçá-la, mas não vou fazer isso. Vou só colocar as mãos nos bolsos.

Quando não digo nada, ela aperta os lábios, olhando em volta para ver se há mais alguém aqui.

Quero correr até ela, envolvê-la em meus braços e lhe implorar para nunca me deixar de novo, mas o medo da última vez que a vi está me segurando. Tudo o que saiu da minha boca foi errado. Não posso correr o risco de fazer isso de novo.

Meus olhos vão até a jaqueta e depois voltam para ela.

Ela dá um passo à frente, passando os dedos pelo *D* costurado na frente. Mantém os olhos grudados no tecido ao dizer:

— Essa era a única coisa de casa que mantive comigo e não no depósito.

Dou a volta no balcão para ficar mais perto dela, mas ainda a alguns metros de distância.

— Não acredito que você guardou isso.

Seus olhos se arregalam para os meus, como se estivesse surpresa de eu dizer uma coisa dessas.

— Eu a deixava debaixo da minha cama. Não queria que as pessoas fizessem perguntas caso a vissem, porque seriam muito difíceis de responder. — Sua respiração está entrecortada. — Quando estava com saudades de casa, eu dormia nessa jaqueta.

— Aposto que não tem saudade de casa há anos.

Ela balança a cabeça. A agitação em suas ações é óbvia. Sua batalha mental é intensa, claramente estampada em seu rosto enquanto ela olha para o pedaço de tecido como se fosse a coisa mais preciosa da vida.

— Não mesmo, mas não pude deixá-la para trás. Era a única parte de você que eu ainda tinha. Eu poderia tê-la enterrado, mas sempre esteve lá. — Fechando os olhos com força, ela a entrega para mim. — Achei que era hora de devolvê-la.

Empurro a jaqueta de volta para ela.

— Ela sempre foi sua. Saber que a guardou por todo esse tempo, que te trouxe conforto, é a única coisa que preciso dela.

Seus olhos encontram os meus, e o brilho das lágrimas os enchendo faz meu coração bater mais rápido. Vou até ela e enxugo uma lágrima que caiu.

— É por isso que você está aqui, para devolver minha jaqueta? — pergunto.

Ela morde o lábio inferior e olha para o chão. Minha mulher corajosa, enérgica e insolente parece assustada. Quero espantar aquele medo.

Com a respiração entrecortada e seus longos cílios trêmulos, ela levanta o queixo e me olha com aqueles olhos lindos.

— Essa é a parte engraçada de voar. Você entra no avião e, de repente, está em outro lugar. Está viajando a novecentos quilômetros por hora, mas não sente como se estivesse se movendo de forma alguma. Há turbulências e solavancos, mas são apenas sensações físicas que te lembram de que você está acima das nuvens, a 35 mil pés de altura. É quase como uma ilusão.

"Por dez anos, meu corpo viajou o mundo, mas minha cabeça nunca parou de pensar em você. Meu coração... — ela respira fundo de novo — ... nunca deixou de te amar. Eu tive tanto medo de te perder, de não te ter de novo, que protegi meu coração da dor. O problema é que dói muito mais não te ter. Me levou muito tempo para perceber que eu preferia arriscar o sofrimento de te perder de novo a nunca saber o que é ter você como meu. Ainda que apenas por mais um dia."

— Jolene...

— Espera. — Ela me para antes que eu vá até ela. — Venho com uma carreira e sonhos. Venho com um desejo de voar.

Absorvo suas palavras, sabendo que o que ela está aqui para dizer é poderoso, mas vem com desafios.

— Você vai voar para longe de mim? — Minha pergunta tem muito peso. Mais peso do que minha alma pode aguentar.

— Não.

O peso desaparece.

— Então não há razão para não ficarmos juntos.

Um suspiro de emoção escapa de seus lábios enquanto seus ombros vão para a frente. Corro para envolvê-la em meus braços, pegando a jaqueta dela e colocando-a na cadeira ao nosso lado.

— Amor, por favor, não chore.

— Estou muito feliz e assustada ao mesmo tempo — ela diz entre as lágrimas.

Seu rosto umedece meu ombro enquanto a abraço, passando os dedos pelos seus cabelos longos e sedosos.

Mantenho-a perto de mim e falo:

— Nunca vou te deixar, Jolene. Eu prometo. Você me ouviu?

Ela assente com a cabeça no meu peito, e luto contra minhas próprias lágrimas para não descerem. Ela se afasta, de forma que ficamos cara a cara. Coloco as mãos em seu rosto, segurando sua cabeça.

— Eu vou te beijar — aviso, colocando meus lábios nos dela.

Beijo a mulher com quem quero construir uma vida nova. Vai ser difícil. Porra, provavelmente haverá muitas brigas em breve, mas posso lidar com isso porque amo essa mulher. Sempre amei. Sempre amarei.

Quando nos afastamos, beijo sua testa e ela agarra meu macacão como se estivesse se agarrando à própria vida.

— Eu quero isso de verdade, Zack. Quero ter você na minha vida. *Preciso* de você na minha vida. Lutei contra isso por tanto tempo, mas meu amor por você nunca foi embora.

— Só me prometa: se sentir vontade de ir embora, converse comigo primeiro. Podemos fazer dar certo. Qualquer coisa. Prometo que vou te ouvir. Vou ser mais compreensivo. Você só tem que me dar a chance.

Sua cabeça se inclina para cima para encontrar meus olhos de novo.

— Não vou te deixar. Nunca mais.

Beijo seus lábios suavemente, fazendo com que ela saiba que sinto o mesmo.

Quando a abraço de novo, vejo uma bolsa de lona no chão. Olho para ela com curiosidade. Ela deve ter percebido minha distração, porque vira a cabeça e segue meu olhar até a bolsa.

— Antes de começarmos nossa nova vida juntos e descobrir exatamente como faremos dar certo, preciso fazer uma coisa.

— Qualquer coisa — eu digo, me inclinando para ficar na altura dela e fazendo-a perceber que estou falando sério.

— Procurei por todo lugar, sete continentes, para ser exata, onde espalhar as cinzas da minha família. Enquanto havia lugares com lindos pores do sol, águas mornas e vistas espetaculares, nenhum deles parecia certo. Não até que finalmente encontrei o lugar certo.

— Onde é?

— Aqui — revela. — Trouxe minha família de volta a Dixon porque é o lugar deles. Me ajuda?

Eu a trago para o meu peito de novo, abraçando-a.

— Claro que sim.

Jolene

Na fazenda de cento e vinte e um hectares onde cresci, Zack e eu dirigimos para a área mais afastada, onde os novos proprietários não irão nos ver enquanto espalhamos as cinzas da minha família. Meu pai é o primeiro. Nos reunimos em volta de um sicômoro em uma área não cultivada e espalhamos suas cinzas enquanto cantamos uma música antiga de Willie Nelson que ele adorava.

A próxima é minha mãe, e espalho suas cinzas sobre as dele da mesma forma. Algumas partículas voam com a brisa, e tudo bem. Contanto que ela esteja flutuando pelo lugar que amava, a terra onde perseguiu a menininha de tranças pelos campos e a empurrava no balanço que costumava ficar ali. Para ela, canto uma canção de ninar.

As cinzas da minha avó são as últimas. Zack e eu andamos uns noventa metros para o leste e as espalhamos por um canteiro de flores silvestres. Com as três caixas vazias, Zack e eu baixamos a cabeça e fazemos uma oração.

Não parece certo ir embora logo depois, então ficamos na grama por uma hora, só nos abraçando e olhando as nuvens. Para uma garota que passou tanto tempo nelas, certamente é bom olhá-las à distância para variar.

— Está com fome? — pergunto a Zack.

— Morrendo.

Com uma tapinha em seu peito, eu o repreendo:

— Por que não disse nada?

— Era seu momento especial. Não queria arruiná-lo dizendo que estava azul de fome.

Eu o deito e me sento em seus quadris, me inclinando para beijá-lo.

— Você tem sorte porque conheço um ótimo lugar para comer.

Sua mão brinca com a bainha do meu vestido.

— Eu também.

Eu a tiro de lá e saio de cima dele.

— Corra para o carro!

Meus pés estão se movendo antes mesmo de ele sair do chão. Estou segura dentro do carro e sorrindo feito boba quando ele entra com um brilho malicioso. Zack agarra minha cintura e me coloca em seu colo, pedindo minha boca da maneira mais deliciosa.

— Achei que tinha falado que estava com fome — digo sem fôlego.

— Estou. Com fome de você. — Sua boca vai até meu pescoço.

Eu o empurro gentilmente.

— Não podemos nos divertir aqui. Esta terra não é nossa.

— Isso nunca nos impediu quando era do seu pai. Não deveria nos parar agora.

Eu rio e me sento no banco ao seu lado. Ele bate na minha bunda em resposta.

— Ok, onde é esse lugar ótimo para irmos comer? — ele pergunta.

— O único lugar onde qualquer garota de Dixon que se preze iria — digo com um sotaque do norte da Califórnia. — Para o Bud's.

— Você sabe que a cidade inteira vai ficar falando quando entrarmos lá juntos.

— Esse é o plano. Quero mostrar meu novo homem à cidade.

— E talvez a uma certa garçonete que te odeia desde que você era adolescente...

Finjo indiferença.

— Sim, não seria nada mal esfregar um pouquinho na cara de Kelly. Ah, posso passar no café da Lindsey e colocar o papo em dia. Talvez você veja alguns dos caras lá também.

— A garota pode sair de Dixon, mas não se pode tirar Dixon da garota —

Zack diz e então ri. — Isso soou bem sexual.

— Dirija, amor — eu peço.

Ele sorri de orelha a orelha, e parece o mais feliz que já vi desde o momento em que o destino nos uniu naquele Uber.

— O que foi?

— Acabou de cair a ficha. — Ele dá partida no carro e coloca o braço em volta de mim ao arrancar. Ergo uma sobrancelha, esperando que termine o que ia dizer. Ele continua a sorrir enquanto me aperta com mais força e diz: — Nós voltamos mesmo.

Reviro os olhos com a fofura dele, que está beirando o meloso. Quero dizer algo crítico em resposta. Em vez disso, beijo seu queixo e o digo:

— Voltamos.

Me inclino e abro o zíper da sua calça, percebendo que ele estava certo. Se não importava de quem era a terra naquela época, não deveria importar agora.

Meu Deus, como é bom estar apaixonada de novo.

CAPÍTULO 21

Zach

— Deus existe. — Stella joga os braços para o ar detrás do balcão quando Jolene e eu entramos pela porta dos fundos.

Jolene acena para Stella e anda pelo bar em direção ao corredor enquanto vou para trás do balcão e pego uma garrafa gelada de champagne da geladeira.

Stella me olha com uma expressão surpresa.

— Não suba para o meu escritório esta noite — aviso, e ela pisca para mim de volta.

— Obrigada pelo alerta, chefe.

Pego duas taças de champagne e a mala de Jolene e subimos para o escritório. Uma vez dentro dele, tranco a porta e ligo as luzes.

— Que chique essa garrafa de Dom Pérignon. — Ela ri e recua em direção à mesa. — Está planejando me seduzir? Porque, sendo bem sincera, você pode me fazer ficar nua me oferecendo um copo d'água, mas aceito o champagne.

Balanço a cabeça com um sorriso enquanto saco a rolha. Ela bate na parede e a nuvem de fumaça sai da garrafa.

— Essa garrafa tem três objetivos. — Encho sua taça. — Primeiro, estamos comemorando nossa volta. — Encho a segunda taça e digo: — Então, ficaremos alegres o suficiente para lidar com a inevitável conversa de *como vamos ter um futuro juntos.*

Ela arregala os olhos enquanto balança a cabeça. Eu lhe dou uma taça e seguro a minha para brindar com ela.

— Qual o terceiro objetivo? — ela pergunta antes de dar um gole.

— Aí sim vou te seduzir. — Termino minha primeira taça e escuto ela tossir com a dela.

— Bom plano — ela diz, limpando a garganta.

Enquanto encho minha próxima taça, começo:

— Trabalho no bar quatro dias por semana e dois dias na casa dos meus pais, e tenho Luke todas as tardes.

Ela bufa e cruza os braços, a taça presa contra o corpo.

— Voo oitenta horas por mês, na maioria em voos de longa distância.

— Oitenta horas não parece tão ruim.

— É só o tempo de voo. Só sou paga pelo tempo em que estou no ar. Por isso adoro voos internacionais. Tenho mais horas garantidas em um voo.

— Tá brincando? — reajo enquanto coloco minha taça na mesa, como se isso fosse me ajudar a entender melhor. — Então, se há um atraso no voo, você não é paga?

— Não, mas recebo uma diária pelas escalas. É como pago minhas despesas com alimentação e viagem quando estou fora.

Concordo, fazendo as contas de cabeça.

— Então, oitenta horas quer dizer viajar...

— Vinte dias por mês aproximadamente.

Passo a mão pela nuca. São mais dias do que eu estava preparado.

— Sendo realista, quantas horas você *quer* voar? E, por favor, não diga oitenta.

Ela termina a taça e pensa.

— Ficaria feliz com três dias por semana, mas isso diminuiria meu salário consideravelmente.

— Não estou preocupado com seu salário. Você tem a mim agora. Se vamos fazer isso, vamos fazer juntos. — Minhas palavras são fortes, mas não maldosas. Estou falando muito sério com relação a fazer dar certo. — Não vou mais trabalhar na oficina do meu pai.

— Zack, não pode...

— Já conversamos sobre isso. Ele vai receber seu benefício por invalidez, então vai promover um dos empregados a gerente em tempo integral. Darei um pulinho lá e farei uma surpresa de vez em quando, mas já é hora.

Ela concorda com a cabeça.

— Uau. Ok. Então está dando certo. Tenho que pedir a redistribuição de volta para São Francisco.

— Tem mesmo.

— Procurar um apartamento para mim.

— Para você coisa nenhuma. — Vou até ela e incho o peito.

— Você com certeza sabe como bancar o macho alfa comigo para provar um argumento. Até que é sexy, então vou te deixar pensar que está me fazendo tremer nas bases.

Ela é tão espertinha. Adoro isso.

— Vamos procurar um lugar. Juntos. Eu pago — declaro.

— Espere aí, riquinho. Eu posso contribuir.

— Eu pago o aluguel. Você pode *ajudar* com as contas. — Enrijeço o maxilar e baixo os olhos, mostrando minha força. Então meus ombros baixam, assim como minhas sobrancelhas, e eu pergunto: — Por que você está sorrindo assim?

Ela aperta os lábios.

— Dez anos de ansiedade, uma briga dramática em Nova York e aqui estamos, resolvendo todos os nossos problemas em cinco minutos. E, falando nisso, você não precisa bancar o macho alfa comigo. Não sou sua mulherzinha que vai fazer o que você disser — ela provoca enquanto passa os dedos pelo meu peito como se estivessem andando.

Franzo a sobrancelha.

— Ah, não?

— Não.

Com um sorriso diabólico, tiro a taça dela, colocando-a na mesa antes de levantá-la por cima do ombro tão rápido que ela solta um gritinho. Seu cabelo está balançando enquanto a carrego como um homem das cavernas para minha cama, puxando-a da parede.

Quando ela está estendida, eu a deito e ela se senta em protesto.

— Eu já falei, você não vai me dizer o que fazer — ela me repreende.

Tirando os sapatos, olho para baixo e sorrio.

— Ótimo. Porque eu gosto de como você é mandona na cama.

— Tome cuidado, porque posso ser muito exigente.

— É o que espero. — Levanto a camisa. — Agora, o que a moça gostaria que seu homem fizesse primeiro?

Ela lambe os lábios e me olha. Não para o corpo definido ou para o volume nas minhas calças. Não, ela me olha nos olhos e declara:

— Faça amor comigo.

— Com todo prazer.

EPÍLOGO

Seis meses depois

Jolene

— Senhoras e senhores passageiros, bem-vindos ao Aeroporto Internacional de São Francisco, onde a hora local é 13h04 e a temperatura é 25 graus. Em nome da nossa tripulação, gostaria de agradecê-los por viajarem conosco e esperamos voar com vocês novamente em breve. — Coloco o interfone no gancho e fico sentada enquanto o capitão termina de taxiar na pista de pouso.

— Você já vai? — pergunta a comissária de bordo com quem dividi essa viagem de três dias.

— Sim. Estou ansiosa para chegar em casa.

Casa. Essas quatro letras carregam mais significado do que qualquer palavra em toda a nossa língua.

Demorou um pouco para eu ter o novo horário que queria. Tenho certa prioridade na minha área, mas mudar minha base do JFK, meu aeroporto em Nova York, para São Francisco demorou mais do que gostaria.

— Divirta-se com sua família, Jolene — diz ela ao sairmos do avião, depois de concluirmos nosso checklist pós-voo.

— Você também — desejo, desço da aeronave e entro no terminal.

O aeroporto. Minha casa longe de casa e o lugar que ainda me traz alegria. Exceto que agora me traz uma alegria diferente, e estou bem em me distanciar dele até minha viagem na próxima semana. Agora, tenho uma nova aventura pela qual ansiar no chão.

Enquanto passo pelas portas duplas que levam até lá fora, não consigo não pensar: *Adoro tudo nesse dia.*

Peço meu Uber e vou para o banco de trás, descansando alegremente no encosto para a cabeça, vendo que estou na hora certa.

Não apenas demorou um pouco para mudar meu horário, mas também demorou um pouco para encontrar o lugar perfeito para Zack e eu nos mudarmos. Toda vez que eu estava aqui, nós procurávamos, o que foi mais difícil do que pensei. Não era só o tamanho dos cômodos ou a qualidade da casa, mas também tínhamos que encontrar uma casa que fosse perto do bar, mas não tão longe da casa de Natalie e da escola de Luke.

Como tudo o que aconteceu ultimamente, encontramos o lugar perfeito no momento perfeito.

Consegui minha transferência e, em questão de dias, nosso corretor ligou para dizer que um anúncio tinha acabado de sair. Não era um apartamento, nem era de aluguel. Era uma casa cor de creme em Nob Hill com três quartos, uma cozinha americana e um pequeno quintal. Disse a Zack que era demais, mas ele me assegurou de que poderíamos pagar — com *nós*, quis dizer *ele* — e lançou uma oferta. Eu recusei. Era caro. Então ele me prometeu que eu poderia ter um gato, como aquele que eu adorava quando era adolescente, e, bem, eu cedi.

Nos mudamos no fim de semana passado, e hoje é um dia especial porque finalmente vamos mostrar a Luke seu quarto. Já que Zack não vai mais morar no bar, ele disse que queria que Luke começasse a ficar com ele para passar a noite. Fiquei chocada quando ele disse que Natalie não arrumou briga. Com Luke mais velho, ela ficou mais confortável com a ideia e pareceu quase animada com o prospecto de ter algumas noites só para ela. Até mencionou ter ido a um encontro na noite anterior.

Para minha surpresa, ela na verdade tem sido amigável comigo. Apesar de ela e Zack terem tido alguns momentos difíceis no passado, ambos sentem que ter Luke foi a melhor coisa que lhes aconteceu, e que vale a pena seguirem em frente cada um com sua vida e ficarem felizes um pelo outro.

Quando paro no bar, Zack já está fora, esperando por mim.

— Achei que ia te fazer uma surpresa lá dentro — digo, colocando minha bagagem de mão atrás de mim.

Zack pega a mala e envolve minha cintura com seu braço livre.

— Acho que você não entende o quanto sinto sua falta quando está trabalhando.

Seus lábios nos meus são as boas-vindas mais doces que uma garota poderia querer.

Ele pega minha mão e me leva até onde sua caminhonete está estacionada. Mantém a mão na minha o tempo todo enquanto conto sobre meu voo para Nova York e o tour por Londres que fiz durante a escala. Meu novo horário me permite fazer viagens de três dias durante o mês para destinos internacionais diferentes, e eu tenho gostado. Além da Itália, Londres é uma das minhas localidades preferidas, e Zack pede biscoitos e doces para eu trazer na volta.

Eu me abaixo e pego uma sacolinha plástica da bolsa ao entrarmos no carro.

— Trouxe lembrancinhas.

— Por favor, me diga que tem Maltesers nessa sacola — ele implora. São doces maltados.

— Também trouxe manjar turco.

Ele leva minha mão até seus lábios e a beija.

— Essa é a única razão de eu aceitar numa boa você ainda voar para a Europa.

Ergo uma sobrancelha.

— Achei que era porque viajar me traz imensa alegria.

— Talvez eu ganhe na loteria e possamos passar o resto dos nossos dias viajando pelo mundo.

— Um homem pode sonhar — eu suspiro.

Ele mantém os olhos na estrada depois de parar na rua enquanto um sorriso enorme aparece em seu rosto.

— Não. Eu já tenho meu sonho bem aqui.

E é por isso que minha felicidade com Zack é tão extasiante. Tenho um homem lindo que me ama e ama minhas loucuras.

E o mais importante: estou loucamente, infinitamente apaixonada por ele também.

Quando estacionamos em frente à escola de Luke, saímos e olhamos para a porta de aço, onde as crianças estão esperando com sua professora para que confirmem se veem seus pais na multidão da saída. Assim que Luke nos vê, vem correndo em nossa direção, pulando nos meus braços. Envolvo-o e o aperto forte.

Luke foi a cereja do bolo na minha nova vida. Nunca imaginei que poderia amar tanto uma criança. Diria que é porque ele é um pouco de Zack, idêntico ao garoto que conheci naquela época, mas é mais que isso. Esse menino é engraçado, amoroso e aceita as pessoas incondicionalmente. Passamos muitos dias conversando sobre as cidades e lugares para onde adoraríamos viajar. Criamos um laço ao construir Legos de prédios icônicos de vários lugares do mundo — a Torre Eiffel, o Empire State Building, a Muralha da China, só para dar alguns exemplos.

— Temos uma grande surpresa para você hoje — diz Zack, segurando os ombros de Luke e o sacudindo animadamente.

Ele olha para o pai com os olhos arregalados e um sorriso ansioso.

— Está pronto? — ele pergunta.

Zack esfrega a mão nos cabelos de Luke, bagunçando-o um pouco.

— Claro que sim, amigão. Está pronto para vê-lo?

— Também vou poder passar a noite? — Seu rostinho se ilumina, e não consigo evitar o enorme sorriso que se abre no meu rosto.

— Claro que sim. Vamos. Vamos embora. — Zack volta em direção ao carro.

— Vamos apostar corrida! — Luke grita por cima do ombro enquanto sai correndo com Zack logo atrás dele.

Vou um pouco mais devagar, já que não estou muito bem do estômago hoje. Droga de *jet lag*.

Saímos e vamos até a casa nova. Assim como Luke, também estou super zonza. Essa sensação não foi embora o trajeto inteiro, e só aumenta quando paramos em frente à casa creme que agora é nossa.

Quando Zack estaciona a caminhonete na entrada da garagem, Luke pula e corre para as escadas que dão para a porta da frente.

— Vamos, vamos, vamos! Abra!

Zack e eu rimos, de mãos dadas, e entramos na casa.

A sala de estar é simples e limpa, com móveis novos que escolhemos juntos. Está bem carente de um toque pessoal, mas somos um novo casal começando nossa vida. Tenho certeza de que estará repleta de quinquilharias e fotos rapidinho.

Luke ignora a nova mesa da sala de jantar e sobe em disparada para o seu quarto. Ele abre a porta e para na entrada.

— Caramba! Que legal! — Ele gira no lugar, olhando seu quarto com o tema de beisebol.

Zack fez prateleiras de tacos de beisebol de madeira com ganchos para ele pendurar os bonés. Também tem uma poltrona no canto em forma de luva de beisebol. Minha parte preferida são os pôsteres que Sandy guardou dos jogadores preferidos de Zack de quando ele era criança e adolescente. Lendas como Ken Griffey Jr. e Nolan Ryan estão misturados com os jogadores preferidos de Luke, como Mike Trout e Bryce Harper.

— Eu adorei, pai! — Ele envolve os bracinhos na barriga de Zack e depois vem até mim, me dando o mesmo abraço. — Muito obrigado, Jolene.

— Ei, eu não fiz nada. Isso tudo foi seu pai — digo, abraçando-o do mesmo jeito.

— Fez sim. Tudo isso aconteceu por sua causa. — Luke sorri para mim e meu coração dobra de tamanho. Abraço-o de novo e Zack vem e abraça nós dois.

— Por que você não aproveita um pouco para curtir seu novo quarto enquanto mostro a Jolene a surpresa que tenho para ela? — Zack sugere a Luke, me pegando pela mão e me tirando do quarto.

Antes de sairmos, paro na porta e olho para Luke enquanto ele abre todas as gavetas da sua cômoda nova.

No fim do corredor é meu quarto e de Zack. Quando entro nele, vejo a cama que compramos — uma cabeceira estofada azul-marinho com acabamento em tachas e um colchão *king size.* Do outro lado do quarto há uma cômoda e um armário que são lindos, mas não são os que escolhemos na loja.

Leva um momento para a lembrança me inundar e a emoção transbordar pelos meus olhos.

— Como você... — começo, mas as lágrimas descem. — Esses são os móveis dos meus pais?

Ele vai até a cômoda, que é um pouco mais escura do que me lembro, e alisa o novo verniz.

— Eu os tirei do seu depósito. Meu pai me ajudou a retocá-los na oficina. Se não os quiser, podemos devolvê-los. Só achei que gostaria de um pedaço da sua história aqui na nossa casa.

— Devolvê-los? — Corro até ele e beijo sua boca, suas bochechas e seu queixo. — Você é muito bom para mim. Eu amei. Muito. Eu *te* amo muito.

Continuo a atacá-lo com meu amor e ele começa a rir, me provocando:

— Se eu soubesse que móveis usados iriam te deixar com tesão, teria trazido a mesa da cozinha também.

Ele está brincando, mas também está falando sério, porque suas mãos estão na minha bunda, me levantando no ar e me levando para a cama. Sua virilha se nivela com a minha enquanto nos beijamos e nos agarramos, nos abraçamos e nos saboreamos depois das setenta e duas horas separados. Quando ele passa as mãos por mim, aponto para o corredor.

— Temos uma criança em casa. Acho que deveria fechar a porta — digo com uma risada.

A cabeça de Zack cai no meu ombro.

— Verdade. Preciso me acostumar com ter vocês dois na mesma casa. Estranhamente, me contento com a dor nas bolas, sabendo que minhas duas pessoas preferidas estão sob o mesmo teto.

Ele me beija na boca e se levanta, ajeitando as calças, que haviam se mexido.

— Vou tomar um banho no meu banheiro novo e então começo o jantar. — Levanto também.

— Boa ideia.

Vou em direção ao banheiro, e Zack me segue.

— Você sabe que não podemos tomar banho juntos — falo, me perguntando por que ele está me seguindo até aqui como um cara estranho. — E com certeza não vou fazer xixi na sua frente. Já te falei, me recuso a ser um daqueles casais que baixa as calças com o outro no banheiro e... por que você está sorrindo assim?

Seus olhos vão até o box de vidro do chuveiro. Olho para trás e vejo que há um cobertor no chão e um bebezinho peludo aninhado no centro, tirando uma soneca.

Minhas mãos vão até a boca.

— Ai, meu Deus. É um gatinho?

Zack abre totalmente a porta do box do chuveiro e leva as mãos até o chão, pegando a minúscula bola de pelo cinza em seus braços.

— Eu o tenho chamado de Sr. Jenkins Jr., mas pode colocar o nome que quiser. — Então ele fala com o gatinho: — Sr. Jenkins Jr., conheça sua mamãe e amor da minha vida, a Jolene.

Pego a criaturinha minúscula de Zack, e seus olhos se abrem, mostrando que são azuis e que estão olhando para mim.

— Você não é a coisinha mais linda? — digo em tom baixo e doce, acariciando sua cabeça macia. — Quando você o pegou?

— Essa semana. A gata de um dos meus funcionários teve filhotes, então combinei com ele semanas atrás. Tive que esperar até que esse rapazinho fosse grande o suficiente para trazê-lo para casa.

Levanto o gatinho até minha bochecha e o aconchego.

— Bem-vindo à nossa família, Jenk. Gostaria de conhecer seu irmão? Ele vai ficar louco por você.

Quando olho de volta para Zack, vejo-o sorrindo.

— Adorei a maneira como você acabou de dizer isso.

— O quê? — pergunto.

— Nossa família. Acabei de perceber que mal posso esperar para começar uma com você.

A julgar pela maneira como seus olhos estão olhando os meus e como seu tom é firme, sei que Zack está falando bem sério. E a julgar pelo frio na minha barriga e pelas batidas rápidas do meu coração, fico surpresa em perceber que não estou nem um pouco assustada. Na verdade, acho que também estou pronta.

— Aqui, entre. — Faço um gesto para Monica ao abrir a porta.

Outra grande vantagem de se mudar para São Francisco é passar um tempo com minha melhor amiga — e não pelo FaceTime ou por mensagem. Tivemos várias noites regadas a vinho e uma viagem de garotas para Napa, onde nos conectamos muito, de uma maneira que era necessária.

Agora, em vez de conversas vagas sobre as minhas viagens e seus comentários rápidos sobre o trabalho e o filho, retomamos nossas conversas profundas como costumávamos fazer. Ela sabe mais das minhas inseguranças e do meu medo de abandono do que permiti antes. Disse que sempre soube e agradeceu por eu ter me aberto da forma certa. Confessou que a vida de casada com um filho tinha muitos percalços, sobre os quais nunca tinha me contado porque não queria parecer estar reclamando de algo que ela sabia que no fundo eu queria.

Sempre confiei muito na Monica, e hoje não é diferente.

— Luke está no quarto, então pode ir para lá, Nicholas. — Conduzo seu filho pelas escadas até onde Luke está construindo uma réplica de um Porsche, usando Legos que o amigo de Zack, Austin Sexton, mandou.

Apesar de Luke ser alguns anos mais velho do que o filho de Monica, Nicholas, eles ficaram amigos no mesmo instante. Normalmente ficamos com eles, mas hoje temos uma missão que precisamos cumprir, e ela fez uma parada intencional na farmácia para pegar um pedaço de plástico no qual estou ansiosa para fazer xixi há uma hora.

Vamos para a minha suíte, onde corro para o banheiro, precisando da libertação — agora.

— Não quero brincar com aquele que mostra uma linha azul ou não. Fui com o *sem sombra de dúvida*, que literalmente vai te dizer se você está grávida ou não — ela explica, balançando a cabeça, séria.

Eu rio da sua palhaçada enquanto o nervosismo me domina depois que esvaziei a bexiga. Tenho me sentindo estranha nas últimas semanas, e, quando mencionei para Monica hoje, ela deu um gritinho de animação com a ideia de eu estar grávida.

Eu não sabia o que pensar. Zack e eu estamos a apenas alguns meses de volta ao nosso novo normal, mas ao mesmo tempo, já temos Luke, e aumentar nossa família seria incrível.

Sei que Luke seria um ótimo irmão mais velho, e ele já perguntou algumas vezes se vai ganhar um irmãozinho ou irmãzinha em breve. Nós dois rimos ao pensar nisso, mas não pude deixar de perceber os olhares de Zack para mim, seus olhos brilhando com esperança enquanto acaricia minha mão. Ele já me disse que quer mais filhos, e a ideia de ter seus filhos me anima muito.

Abro a porta e vejo Monica parada ao lado da minha cômoda, se balançando com expectativa.

Rio do seu comportamento infantil.

— Na embalagem diz que demora alguns minutos — tento acalmá-la.

— Meu Deus, eu quero outro bebê para segurar, um que eu não tenha que acordar para amamentar no meio da noite — ela brinca.

— Nossa, obrigada. — Faço uma expressão impassível.

— Então... — Ela faz um gesto para o banheiro, onde deixei o teste.

Respiro fundo, fechando os olhos e voltando para pegá-lo. Não o olho até estar no quarto com ela.

— E? — Ela pula nas pontas dos pés.

Olho para baixo, e, instantaneamente, lágrimas descem pelos meus olhos. Um sorriso se abre no meu rosto, tão largo que sinto que pode ficar lá permanentemente. Olho para ela e mostro.

— Estou grávida!

— Ahh! — ela grita e me abraça, pulando. — Como você vai contar ao Zack?

Coloco a mão na boca e penso.

— Não sei. Não queria dizer nada até ter certeza. Eu deveria esperar para depois de ir ao médico?

— Não. Você vai contar para ele agora, porque tudo o que vocês fazem deve ser feito juntos. Lembre-se: você não está sozinha nisso. E se negar esse momento, ele vai se chatear. Aposto que vai ficar arrasado por perder a mijada inaugural no teste.

Reviro os olhos.

— Você tem razão. Está bem. Então, preciso contar a ele. — Mordo o lábio. — Ai, meu Deus, eu vou ter um bebê!

— Vai!

— Ok. Vou contar ao Zack. Você pode ficar aqui com os meninos um tempinho?

— Não perca um segundo — ela brinca, me seguindo pela sala.

Pego minha jaqueta e digo ao Luke que estou saindo e volto já.

Não demora muito para eu estacionar atrás do bar e entrar pela porta dos fundos. O lugar está um pouco cheio, com a turma do *happy hour* bebendo depois do trabalho. Quando subo as escadas, vejo a luz do escritório do Zack brilhando por debaixo da porta. Não bato; entro direto.

Fecho a porta e me encosto nela.

Zack levanta o olhar da mesa, confuso e nervoso.

— Jolene. O que está você fazendo aqui? Está tudo bem? Cadê o Luke?

— Ele está em casa com a Monica e o Nicholas — explico, de repente nervosa e animada. *Ai, meu Deus, eu vou ter um bebê!*

— Você está bem? Está corada. — Ele se levanta da cadeira e vai até a mesa.

— Espere — eu digo, impedindo-o de vir até mim.

Uau, ele está lindo hoje, e isso porque só está com uma camiseta azul e jeans. Está de cabelo cortado e seu queixo tem uma barba de alguns dias. Adoro sua barba por fazer.

Ele está de pé, esperando que eu fale, e acaba de me ocorrer que isso é algo com que Zack sabe lidar. Ele já é pai. Vai saber o que fazer, e está um passo à frente nessa situação com relação a mim.

Isso é bom. Ótimo, na verdade.

Ainda assim, deteste não estar no controle.

É por isso que digo:

— Tire a calça.

— O quê? — ele pergunta, exasperado.

— Vamos logo.

Como ele nunca me nega um pedido, tira os sapatos e então o jeans.

— Sua camisa também — exijo, e ele segue as ordens.

— Devo tirar isso também? — Ele passa as mãos pelo elástico da boxer. Sua ereção já está aparecendo porque não há nada que meu homem adore mais do que quando me faço de mandona.

Adoro quando ele fica nu, mas, se ficar, posso perder completamente minha linha de raciocínio.

— Não. Pode ficar. — Engulo em seco e o olho para ele do outro lado da sala.

Seu maxilar se contrai.

— Agora posso saber o que está acontecendo?

Paro para absorver esse momento. Estou supernervosa para contar, mas vê-lo fazer tudo o que peço, não importa o quanto seja louco, apenas prova seu amor por mim. É por isso que eu queria isso. Que o queria. Não porque ele faz tudo o que eu mando, mas porque ficará ao meu lado, seja como for.

Respiro fundo, com a respiração entrecortada, e solto:

— Eu fiz um teste de gravidez.

Ele fica de queixo caído e seus olhos se arregalam com um anseio que eu não estava esperando. Não consigo evitar de enxugar as lágrimas que instantaneamente enchem meus olhos. Está estampado no seu rosto. Posso dizer, sem dúvida, que ele está entoando em sua cabeça agora, dizendo: *Por favor, seja positivo. Por favor, seja positivo.*

— E? — ele finalmente pergunta, cheio de expectativa, parecendo que vai explodir se eu não contar neste exato momento.

— Deu positivo — eu sussurro.

Um gemido suave escapa dos meus lábios. Zack dá passos rápidos pela sala, segura meu rosto e me dá um beijo um tanto feroz.

— Nós vamos ter um bebê?

Sinto suas mãos tremerem e vejo as mesmas lágrimas refletindo para mim.

Confirmo com a cabeça no meio do beijo.

— Sim! — eu grito. — Nós vamos ter um bebê.

Ele cai de joelhos e levanta minha blusa acima da barriga. Sua mão acaricia a pele onde nosso bebê está crescendo. Seus lábios tocam meu umbigo.

— Ei, você aí dentro — ele fala. Um pequeno ele ou ela, um pedacinho de nós. — Sou seu papai — ele diz, e é a coisa mais fofa que já vi ou senti. — Vou te ensinar a jogar beisebol e a consertar carros e te amar mais que qualquer pessoa no mundo.

Ele se levanta e me beija de novo, sua língua mergulhando profundamente e dançando com a minha em um balanço sensual de paixão. Envolvo os braços em seu pescoço e agarro sua nuca, puxando-o para mais perto.

— Eu te amo muito — diz ele. — Você não faz ideia de como estou animado.

— Ainda bem, porque estou bem assustada.

— Você vai ser maravilhosa, amor. Nós vamos ser maravilhosos. — Ele se afasta, as mãos no meu rosto, colocando meu cabelo atrás das orelhas. — Por que eu tive que tirar a roupa?

Dou de ombros.

— Porque às vezes preciso ter o controle.

Minha resposta o faz rir. Ele dá um tapa na minha bunda e me coloca em seu ombro. Nos leva até sua cama retrátil e a puxa da parede.

— O que você está fazendo? — pergunto.

Ele me deita na cama e começa a desabotoar meu jeans.

— Fazendo amor com minha futura esposa.

Franzo as sobrancelhas.

— Não estamos noivos, Zack.

— Ah, mas vamos ficar. Você dorme na minha cama... — enumera ele enquanto tira meus sapatos — ... está carregando o meu filho... — meu jeans está abaixado até minhas pernas — ... e é a única mulher que eu quero pro resto da minha vida. — Ele me levanta e tira minha camiseta. — Não tinha pedido porque sei que você precisa dar um passo de cada vez, mas só quero que saiba que isso é para sempre — ele declara. — Está pronta para passar o resto da vida comigo, Jolene?

Eu o empurro para que ele se deite de costas e eu me sento com as pernas escanchadas nele, sentindo seu comprimento duro embaixo de mim. Baixando minha boca na sua, seguro seus lábios e declaro:

— Fui feita para passar o resto da vida com você.

Um ano depois

Quem iria imaginar que minha vida passaria de viajar pelo mundo diariamente a estar em casa com uma família em um intervalo de tempo tão curto?

Nossas duas meninas nasceram algumas semanas antes do esperado, mas estão saudáveis e se desenvolvendo.

Sim, eu disse meninas. Nós tivemos gêmeas!

Penelope é nossa primogênita, chegando três minutos antes da irmã, Vivienne, que chamamos de Vi. Eu sabia que a Bebê A (Penelope) era a mais festeira das duas, sempre dançando e chutando minha caixa torácica, e sua personalidade não mudou. É a mais alerta. Sempre acordada e pronta para sorrir para qualquer um que lhe dê atenção. Nasceu com 400 gramas a mais, e é também a mais exigente com relação a comida e atenção.

Vi é a nossa dorminhoca. Contanto que a gente a esteja segurando, ela fica aconchegada o dia todo. Tem o tom de pele do pai e acho que terá o cabelo mais escuro que o de Penelope, que parece ter puxado o loiro do lado da família da minha mãe.

As duas já são inseparáveis. Gostam de cochilar juntas, de mãos dadas, e, quando as colocamos de bruços, elas imediatamente procuram uma pela outra.

Luke tem sido fofíssimo com elas. É de longe o preferido delas, e estão constantemente tentando se arrastar em sua direção, implorando para serem seguradas. Ter sua ajuda também não tem preço. Sei que, quando ele ficar maior, vai querer seu espaço, mas agora, ele só quer ficar com suas irmãzinhas.

Ver que elas têm o pai e o irmão mais velho envolvidos em seus dedinhos me faz sorrir. Essas meninas serão mulheres fortes e independentes, que saberão exatamente como trilhar seu caminho; esses dois vão cuidar para que seja assim.

Corro pela casa, apanhando os últimos brinquedos enquanto me preparo para uma visita muito especial. Zack se ofereceu para pegá-la no aeroporto, sabendo que seria demais irmos todos juntos.

Antes de engravidar, tínhamos conversado sobre levar Luke à Itália para visitar Nonna, levando-o naquela viagem de avião sobre a qual conversamos no nosso primeiro encontro, mas Deus tinha outros planos para nós. Já é difícil viajar com crianças, mas com gêmeas, sabíamos que demoraria um pouco antes que pudéssemos visitá-la, então para o Natal, compramos uma passagem para que ela viesse nos visitar.

Ela nunca esteve em São Francisco e eu estava animada de finalmente convidá-la para vir à minha casa porque finalmente tenho um... um lar.

Zack e eu construímos juntos um lindo lar. Eu sabia que havia algo faltando na minha vida antes, mas ignorei o sentimento no âmago do meu ser por anos, mas agora sei o que estava faltando. Você pode viajar o mundo inteiro, ver coisas que te surpreendem e te entusiasmam, mas não há nada como estar em casa.

Agora eu entendo.

Voei até o médico dizer que eu parasse, e mesmo alguns meses antes disso, fiquei praticamente em voos locais e apenas fazendo viagens curtas. Tinha muitas férias e licenças de saúde acumuladas, então não voltei a trabalhar depois de ter nossas meninas e, odeio admitir isso, mas não tenho certeza se quero.

Zack tem me apoiado muito e nunca me perguntou se quero voltar a voar. Ele presume que é mais uma questão de *quando* eu quiser voltar. Conseguiu montar um horário em que eu poderia voar e ele ficaria com as meninas. Sabe que meu amor sempre esteve no ar e viajando, mas meu amor por isso está mudando.

Quando vim para São Francisco, comecei a sentir a mudança. Cada vez que eu deixava Zack e Luke, ficava mais e mais difícil. Não consigo nem imaginar como seria difícil deixar essas pequenas. Todo dia elas parecem atingir um novo marco, e, quando penso em perder seus primeiros passos ou palavras, meu coração dói.

Terei que tomar minha decisão final em breve, mas, a cada momento que passa, estou achando que a resposta está estampada em seus rostinhos lindos, e não quero perder nada.

A porta se abre e ouço Luke gritar da sala:

— Eles chegaram!

Vou até a entrada, quase dando gritinhos, como as meninas fazem quando veem o pai, mas, agora, é com a visão de Nonna entrando pela porta da frente.

Corro para o seu lado, envolvendo meus braços em sua pequena figura.

— Estou tão feliz que você veio!

— Ai, eu... também. Eu também — ela diz, suas mãos macias segurando meus braços.

— Entre, entre.

Zack fica atrás de Luke, com as mãos em seus ombros.

— Nonna, este é meu filho, Luke.

Luke acena para a mulher que já viu algumas vezes por chamada de vídeo no iPad que enviamos a ela de aniversário.

Nonna levanta as mãos na direção dele.

— Tão *bello* quanto o pai.

Luke se vira para mim, animado por ter se lembrado.

— Quer dizer bonito, né?

Eu sorrio alegremente.

— Sim, *bello*. Ela disse que você é bonito, assim como seu pai.

Tenho lhe ensinado palavras em italiano aqui e acolá, mas, desde que dissemos que Nonna viria nos visitar, ele quis aprender mais.

Luke dá um abraço em Nonna antes de perguntar:

— A senhora vai cozinhar para nós? Estou morrendo de fome!

— Luke! — Zack o repreende, mas Nonna e eu apenas rimos.

— Sim, meu garoto, vamos cozinhar juntos. Quer ser meu ajudante?

Luke concorda com entusiasmo.

— Ok, vamos acomodá-la primeiro, e então vamos cozinhar — diz Zack.

— Sim, deixe-me ver essas *bellissimi bambini*[16] — pede Nonna com um grande sorriso no rosto.

Ela olha para Penelope e Vi como suas bisnetas, enquanto olho para ela como minha avó, e apresentá-la a elas aquece meu coração, pois sei como minhas meninas são amadas.

Entramos no quarto delas, onde estão cochilando, mas achei que as tinha ouvido acordar logo antes de Nonna chegar.

Quando abro a porta, vejo as duas sentadas, brincando com o móbile acima delas.

— Oh! — exclama Nonna, cobrindo a boca enquanto pego Penelope e Zack pega Vi.

---

16   Belíssimas crianças.

— *I miei bambini*[17] — reage ela, beijando a cabeça das duas, abençoando-as em italiano.

Lágrimas enchem meus olhos enquanto me encosto em Zack, que dá um beijo na minha cabeça.

Nossas vidas podem ter tomado um desvio, mas esses desvios foram o que levaram à família perfeita que temos hoje. Zack e eu precisávamos passar um tempo separados para podermos encontrar os pedaços que faltavam para tornar nossas vidas completas.

Ter Luke e Nonna aqui são exemplos disso. Ambos são prova de que nosso amor nunca acabou; só precisava abrir as asas antes de encontrar o lar perfeito.

FIM

---

17   Minhas crianças.

Mantenha contato!

Quer acompanhar todos os novos lançamentos do universo Cocky Hero Club, de Vi Keeland e Penelope Ward? Não deixe assinar a newsletter oficial do Cocky Hero Club para saber de todos os nossos próximos livros:

https://www.subscribepage.com/CockyHeroClub

Veja os outros livros da série Cocky Hero Club:
http://www.cockyheroclub.com

Quer mais Zack e Jolene?
Assine a newsletter de Jeannine e Lauren para receber um epílogo bônus! http://bit.ly/2uOHx2G

Jeannine Colette

Jeannine Colette é autora da *Abandon Collection*, uma série de romances independentes, com heroínas dinâmicas que precisam abandonar suas realidades para descobrir a si mesmas... e o amor no caminho. Cada livro tem um novo casal, uma nova cidade incrível e uma rosa de cor diferente.

Aluna egressa da Wagner College e da New York Film Academy, Jeannine se tornou produtora de TV de programas na CBS e na NBC. Mora em Nova York com o marido, três pessoinhas que ama mais do que a si mesma e um cachorrinho resgatado chamado Wrigley.

Quer ouvir mais sobre novos lançamentos e receber e-mails incríveis meus? Assine minha newsletter mensal!

www.jeanninecolette.com/newsletter

WWW.JEANNINECOLETTE.COM

Veja seus livros no Goodreads: https://bit.ly/2r3Z9RJ

Siga-a nas redes:

Facebook: https://www.facebook.com/JeannineColetteBooks/

Twitter: https://twitter.com/JeannineColett

Instagram: https://instagram.com/jeanninecolette/

BookBub: https://www.bookbub.com/authors/jeannine-colette

BookandMain: https://bookandmainbites.com/JeannineColette

Entre em seu grupo no Facebook: JCol's Army of Roses

Lauren Runow

Lauren Runow é autora de vários romances adultos contemporâneos, alguns mais picantes que outros. Quando Lauren não está escrevendo, você a encontrará ouvindo música, praticando CrossFit, lendo, ou no campo de beisebol com seus garotos. Seu único vício é café e ela jura que ele a torna uma mãe melhor!

Lauren é aluna egressa da Academy of Art de São Francisco e é fundadora e coproprietária da revista comunitária em que ela e o marido publicam. Tem orgulho de fazer parte do Rotary International, ajuda a administrar um museu de ciências sem fins lucrativos para crianças e recebeu o prêmio de Mulher do Ano de John Garamendi. Mora no norte da Califórnia com o marido e os dois filhos.

Você também pode manter contato através das redes sociais abaixo.

www.LaurenRunow.com

Assine sua newsletter no link http://bit.ly/2NEXgH1

Veja seus livros no Goodreads: http://bit.ly/1Isw3Sv

Siga-a nas redes:

Facebook: https://www.facebook.com/laurenjrunow

Instagram: https://instagram.com/Lauren_Runow/

BookBub: https://www.bookbub.com/authors/lauren-runow

Twitter: https://twitter.com/LaurenRunow

BookandMain: https://bookandmainbites.com/LaurenRunow

Participe do seu grupo de leitura: Lauren's Law Breakers

Entre em nosso site e viaje no nosso mundo literário.
Lá você vai encontrar todos os nossos
títulos, autores, lançamentos e novidades.
Acesse www.editoracharme.com.br

Você pode adquirir os nossos livros na loja virtual:
loja.editoracharme.com.br

Além do site, você pode nos encontrar em nossas redes sociais.

 https://www.facebook.com/editoracharme

 https://twitter.com/editoracharme

 http://instagram.com/editoracharme